朝日文庫時代小説アンソロジー

江戸旨いもの尽くし

菊池 仁・編　今井絵美子
宇江佐真理　梶よう子　北原亞以子
坂井希久子　平岩弓枝　村上元三

朝日文庫

本書は文庫オリジナル・セレクションです。

目次

江戸旨いもの尽くし

石蕗《つわぶき》の花

今井絵美子

今井絵美子（いまい・えみこ）
一九四五年広島県生まれ。二〇〇三年に「小日向源伍の終わらない夏」で九州さが大衆文学賞大賞・笹沢左保賞、一五年に「立場茶屋おりき」シリーズで歴史時代作家クラブ賞を受賞。著書に「夢草紙人情おかんヶ茶屋」「便り屋お葉日月抄」「すこくろ幽斎診療記」「髪ゆい猫字屋繁盛記」シリーズなど多数。一七年逝去。

「おっ、入《へえ》るぜ！」

亀蔵《かめぞう》親分のだみ声がして、帳場の障子《しょうじ》がするりと開いた。

屈《かが》み込んで経師屋《きょうじや》と話し込んでいたおりきが顔を上げ、満面に笑《え》みを浮かべ亀蔵に手招きする。

「よいところに来て下さいましたわ。ほら、見て下さいませ。ちょうど現在《いま》、掛軸《かけじく》が出来上がってきたばかりなのですよ」

「掛軸たァ……、おっ、三吉《さんきち》のあの水墨画《すいぼくが》か？」

亀蔵が芥子粒《けしつぶ》のような目を一杯に見開き、長火鉢《ながひばち》の傍《そば》まで寄って来る。

畳《たたみ》の上には茶掛《ちゃがけ》が広げられていた。

経師屋がちょいと亀蔵に会釈《えしやく》する。

「おっ、確か、おめえは北本宿《きたほんじゅく》のみや古屋《こや》の番頭《ばんとう》……。そうけえ、みや古屋に頼んだのか。どれどれ……」

亀蔵は畳に広げられた掛軸に見入り、どうしたわけか、言葉を失い黙りこくってしまった。

「…………」

「…………」

おりきとみや古屋の番頭が顔を見合わせ、訝《いぶか》しそうに亀蔵を窺《うかが》う。

「いかがです？　こうしてお軸にすると、画仙紙《がせんし》で見たときには一見地味《じみ》に思えた水墨画が、なんだか活《い》き活きと輝いて見えますでしょう？」

おりきの問いにも、亀蔵は俯《うつむ》いたまま、くくっと肩を顫《ふる》わせている。

「お気に召しませんか……」

みや古屋の番頭が怖々《こわごわ》と声をかける。

「気に入らねえはずがねえだろ……」

亀蔵は圧《お》し殺した声で呟《つぶや》くと、つと顔を背《そむ》けた。

なんと、驚いたことに、亀蔵は涙ぐんでいたのである。

どうやら、思わず胸に熱いものが込み上げてきて、感無量《かんむりょう》となったとみえる。

「お茶を淹《い》れましょうね」

おりきが気を利《き》かせ、茶の仕度《したく》を始める。

「じゃ、あっしはこれで……」

みや古屋の番頭はおりきに目まじした。

「では、いま、お代を……」

おりきが金箱を引き寄せる。

「いえ、これはうちの主人《あるじ》からのほんの心付けということで……。亡くなった善助《ぜんすけ》さんには主人が何かと世話になったそうで……。しかも、主人が申しますには、善助は死んではいない、皆の心の中にしっかかと生きている、その想《おも》いのためにもこの絵を表装《ひょうそう》して皆の見られる場所に飾りたい、とおっしゃった女将《おかみ》さんの言葉に、いたく感動したそうでやしてね。そんなことなら、是非《ぜひ》、みや古屋にもひと肌脱《ぬ》がせてほしいと言われやして……」

まあ……、とおりきの胸が熱くなる。

「みや古屋さまがそんなことを……。有難《ありがた》いことにございます。けれども、それはなりません。師走《しわす》のこの忙しい最中《さなか》、急ぎ仕事を快《こころよ》く引き受けて下さっただけでも感謝していますので、旦那さまにはお気持だけ有難く頂戴《ちょうだい》いたしますと伝えて下さいませ」

「いや、それでは子供の遣《つか》いとなんら変わりありやせん。それに、裂地《きれじ》や風帯《ふうたい》、一文字《いちもんじ》に使った古代裂《こだいぎれ》はこちらさまがお持ちになったものですし、うちは軸先《じくさき》と手間賃を被《かぶ》るだけの話で、何ほどのこともありやせん。しかも、年明け早々には、新築中の二階家にも襖《ふすま》を入れさせていただくことになっておりやす……。常々《つねづね》、こちらさまには贔屓《ひいき》にしていただいていることでやすし、どうか、掛軸の手間賃だけはこっち被りということにしていただけないでしょうか」

みや古屋の番頭が恐縮《きようしゆく》したように腰を折る。

「おりきさんよォ、みや古屋がそこまで言ってくれてるんだ。有難《ありげて》ェと思って受けてやんな！」

亀蔵が割って入ってくる。

「そうですか……。では、厚意《こうい》に甘えさせていただきますね。りきが感謝していたと、旦那さまによろしくお伝え下さいませ」

おりきは深々と頭を下げた。

みや古屋の番頭が帰って行くと、亀蔵は改まったように掛軸に見入った。

「なんとも、大《てえ》したもんじゃねえか……。この絵にゃ、三吉と善爺《ぜんじい》の想いが詰まってらァ！」

亀蔵がしみじみとしたように言う。

この水墨画は、三吉が善助のために描《か》いたものである。

一月《ひとつき》前、師匠の加賀山竹米《かがやまちくべい》と一緒に江戸の文人を訪ねる途中、立場茶屋《たてばぢやや》おりきに立ち寄り、土産《みやげ》のつもりで善助に贈《おく》ったものだった。

三吉が絵師になるために京に行って、はや二年……。

現在《いま》では三吉も加賀山三米《さんべい》という雅号《がごう》を持ち、背丈も伸びてすっかり凜々《りり》しくなっていたが、ここを離れてからも、常に、胸の内には善助への想いがあったのであろう。

耳の不自由な三吉を実の孫のように可愛《かわい》がり、行く末を案じ、一人前の下足番《げそくばん》に仕立てようとした善助である。

が、三吉に絵師になる夢の扉が開かれようとしたとき、善助は千々《ちぢ》に乱れる想いを胸の奥深くに封じ込み、獅子《しし》が子を千仞《せんじん》の谷に突き落とすような気持で、涙を呑《の》んで京へと送り出してやったのだった。

旅の途中で描いたという水墨画には、墨色《すみいろ》の濃淡《のうたん》で見事なまでの峡谷《きようこく》が描《えが》かれ、右上の崖上《がけうえ》から一頭の獅子が谷底を見下ろし吠《ほ》えていて、左下の川べりには、山々を生写《しようう つ》しする絵師の姿……。

まさに、獅子は善助であり、絵師は三吉であった。

三吉はこの絵に、善助への感謝の意を込めたのである。

三吉にしてみれば、まさか、これが善助への最期《さいご》の贈り物になるとは思っていなかったであろう。

だが、こうして改めて見ると、崖上で吠える獅子の顔には、どこかしら哀愁《あいしゆう》が漂っているように思えた。

そう考えてみれば、永遠《とわ》の別れを感じさせるこの絵に、亀蔵が思わず感涙《かんるい》に噎《むせ》んだ気持も解《わか》らなくもない。

「初めてこの絵を見たときにャ、上手《うめ》ェこと描くもんだと感じただけだったが、こうして絵にちゃんと着物を着せてやり、つまりよ、軸にしてみると、また別の感動が生まれてくるもんだと思ってよ。正《まさ》な話、俺《おり》ャ、泣けてきたぜ……。へへっ、みや古屋の番頭の前《めえ》で無様《ぶざま》なところを見せちまい、みっともねえ話なんだがよ……」

亀蔵が照れ臭そうに笑ってみせる。

「さあ、お茶が入りましたことよ。そうですわね。親分のおっしゃるとおりですわ。墨色だけだと寂《さみ》しげに見える山水画が、表装してやった途端《とたん》、こうして深みが出ますものね」

おりきが長火鉢の猫板《ねこいた》に湯呑《ゆのみ》を置く。

亀蔵はひと口茶を啜《すす》ると、美味《うめ》ェ、と頬《ほお》を弛《ゆる》めた。

「ところでよ、三吉に善爺のことを知らせたのかよ」

亀蔵が猫板に湯呑を戻すと、おりきに目を据《す》える。

「それが、吉野屋《よしのや》さまの話では、加賀山さまとは日本橋《にほんばし》で別れたそうでしてね。そのときの話では、加賀山さまは江戸の文人を何軒か訪ねた後、甲州街道《こうしゅうかいどう》を廻《まわ》って京に戻られるとかで、恐らく、現在《いま》はまだ旅の途中かと……」

「てこたァ、まだ善爺の死を三吉は知らねえということなんだな？　けど、京には文を出したんだろう？」

「ええ。吉野屋さまが江戸の帰りに立ち寄られた際にも口頭《こうとう》で伝えましたが、さあ、わたくしの文が京に届くのと吉野屋さまが戻られるのと、どちらが先になるか……」
「といっても、京に着いた早々、再び品川宿にとんぼ返りともいかねえだろうしよ。第《で》
一《いち》、今さら戻って来たって、善爺はもう墓ん中だ。墓に詣《まい》るだけなら、慌てて帰《けえ》るこた
アねえからよ……。これから先、墓にはいつだって詣れるんだ」
亀蔵は再び湯呑を手にすると、ぐびりと茶を飲み干《ほ》した。
「ええ、わたくしも文にその旨《むね》を書きました。急いで墓詣りに帰ろうと思うことはない
と……。けれども、三吉が善助の死を知ったときの衝撃を思うと、なんだか切《せつ》なくて
……」
「そうよのっ。おきちのあの嘆《なげ》きようから見ても、三吉が憔悴《しょうすい》するのは目に見えてるか
らよ……。かといって、京と品川宿とに離れてたんじゃ、俺たちにゃどうしてやること
も出来ねえからよ」
「ええ。ですから、わたくし、加賀山さまの御母堂《ごぼどう》に文を書きましたの。三吉と善助の
関係を縷々《るる》書き綴《つづ》り、恐らく三吉は気落ちするであろうから、どうか力になってやって
ほしいと……」
「まっ、三吉にもいずれこの日が来ることは解っていただろうしよ……。それに、最期
にひと目善爺に逢《あ》うことも出来たんだ。けど、考えてみれば妙だよな？　三吉がこの絵
を善爺に残していき、それが今となっちゃ、善爺の形見となっちまったんだからよ。こ

れが、虫の知らせとでもいうんだろうか……」

亀蔵が腕を組み、首を傾《かし》げる。

と、そのとき、障子の外から大番頭の達吉《たつきち》が声をかけてきた。

「女将さん、そろそろお出掛けになられたほうが宜《よろ》しいのじゃ？」

亀蔵が驚いたようにおりきを見る。

「おっ、出掛けるのかよ」

「ええ、門前町《もんぜんちょう》の寄合がありましてね。けれども、親分はわたくしに何か用がおありになったのでは？」

おりきが掛軸をくるくると巻きながら訊《たず》ねる。

「なに、おめえさんのご機嫌伺《きげんうかが》いに寄っただけでよ。俺に構うこたァねえんだ。行っとくれ。けど、このせちげれェ年の瀬に、寄合たァ……。あっ、てこたァ、何か？　町年寄が寄り集まって、年忘れに一杯《いっぺえ》やろうってことなのか？」

おりきが苦笑する。

「それならいいのですけどね。堺屋《さかいや》のことなんですよ」

「堺屋？　するてェと、堺屋が見世《みせ》を売りに出すって噂《うわさ》は本当なのかよ！」

亀蔵が胴間声《どうまごえ》を上げる。

「まだ噂の段階なのですがね。なんでも菊水楼《きくすいろう》が食指《しょくし》を動かしているとかで、仮にそんなことにでもなれば、門前町には白店《しらだな》しか置かないという決まりを破ることになりますからね。それで、近江屋《おうみや》さんのお声掛かりで、今から対策を練っておこうということなんですの」

「堺屋はどこまでも欲得尽《よくとくず》くの男だからよ。町内の決まり事なんぞ、屁《へ》でもねえって顔をしてやがる！　おっ、俺の力が要《い》るようなら、いつでも言っとくれ。門前町の品格を護《まも》るためなら、なんだってするからよ！」

亀蔵が仕こなし顔に言い、どれ、帰《けえ》るとするか、と立ち上がる。

「では、そこまでご一緒に……」

「寄合は近江屋であるんだろ？」

「ええ。宜しければ、親分も寄合に参加なさいます？」

おりきが言うと、亀蔵は大仰《おおぎよう》に手を振った。

「止《よ》しとくれ！　お呼びがかかってもいねえのに、のこのこ顔を出すほど、俺も暇じゃねえんでよ。まっ、何か決まったら、後で知らせてくれや」

そう言うと、亀蔵は先に立って帳場を出て行った。

寄合には、門前町の宿老《しゆくろう》を務める近江屋忠助《ただすけ》、赤城屋《あかぎや》長平衛《ちようべえ》、澤口屋《さわぐちや》幸太夫《こうだゆう》、天狗屋《てんぐや》の女主人《おんなあるじ》みのり、佃煮屋《つくだにや》の田澤屋《たざわや》伍吉《ごきち》、釜屋《かまや》康左衛門《こうざえもん》、おりきの七名が参加した。

「堺屋は半刻《はんとき》（一時間）ほど遅れて来るそうです」

近江屋忠助は母屋《おもや》の客間に集まった町年寄の顔を見回すと、開口一番、そう言った。

「なに、堺屋にも声をかけただと！」

赤城屋が驚いたように目を瞠《みは》る。

「ああ、今日の議題は堺屋の動向についてだが、本人がいない場で我々が推論を言っても間尺《ましやく》に合わないと思ってな。だが、堺屋に真意を質《ただ》す前に、我々の意見を纏《まと》めておいたほうがよいと思い、それで敢《あ》えて、堺屋には寄合は八ツ半（午後三時）からと伝えておいた……」

さすがは甲羅《こうら》を経《へ》た忠助……。誰もが納得したように頷《うなず》いた。

「では、堺屋が見世を売りに出すという話は本当なので？　あたしが聞いた話では、跡《あと》継《つぎ》のいない堺屋がかみさんの遠縁から養女をもらい、板頭《いたがしら》と添《そ》わせて見世を継《つ》がせるとか……」

澤口屋が仕こなし顔に言うと、赤城屋が訳知り顔にヘンと鼻で嗤《わら》う。

「澤口屋さん、てんごうを言っちゃいけませんよ！　養女にした娘と板頭を添わせるといったって、あの男には煮方《にかた》をしていた頃からの糟糠《そうこう》の妻がいますからね。祝言《しゆうげん》こそ挙《あ》げちゃいないが、女《おな》ごのほうは永《なが》いこと茶立女《ちやたておんな》をして、あの男を支えてきたんだ……。

そんな女ごがいるというのに、堺屋の御亭《ごてい》の座が転がり込みそうになったからって、今さら袖《そで》にするわけにはいかないではありませんか。ねっ、近江屋さん、おまえさんもその女ごのことは知っていますよね？」

赤城屋が鼻柱《はなばしら》に帆《ほ》を引っかけたような顔をして、忠助を窺う。

忠助は蕗味噌《ふきみそ》を嘗《な》めたような顔をすると、頷いた。

「ああ、知っていますよ。吾妻屋《あずまや》という立場茶屋で茶立女をしている女ごがそうだというが、あたしや赤城屋が知っているほどだから、当然、堺屋も知っているだろう……。だから、この話は眉唾《まゆつば》と思ってまず間違いないでしょう。あたしもね、本音《ほんね》を言えば、その女ごさえいなければ、堺屋にとっても門前町にとっても、これほどよい話はないと思ったのだがね。だって、そうだろう？　ある意味、板頭は立場茶屋の看板でもあるのだから、そんな男を身内に取り込み遠縁の娘を女将に据えれば、まず以《もっ》て、堺屋は安泰《あんたい》だ」

「だが、そうはいかなかったということですね……。では、あたしが耳にした、番頭が跡を引き継ぐという話は？　いえね、その話を聞いたとき、正直に言って、あたしは思わず嗤っちまったんだがね。だが、そんな噂があるということだけは事実だからよ」

澤口屋がそう言うと、赤城屋が憎体《にくてい》に片頬《かた》で嗤った。

「番頭が跡を引き継ぐだって！　そんな莫迦《ばか》な……。喜多次《きたじ》とかいったっけ？　確か、あの番頭は堺屋とさして歳《とし》が違わないと思ったが……。フン、六十路《むそじ》近くの男が跡を継いだところで、すぐまた、後継者選びに頭を悩ませなきゃならない！」

澤口屋が呆《あき》れ返ったように、目をまじくじさせる。

忠助は咳《しわぶき》を打つと、改めて、全員を見回した。

「いいですか、皆さん。噂に振り回されて、ここで我々が小田原評議《おだわらひょうぎ》をしたところで仕方がありません。半刻後には、当の本人が現れるのですからね。それで、その前に、どうしても皆の腹を確かめておかなければならないのだが、実は、もう一つの噂……。つまり、堺屋が見世を他人に譲渡《じょうと》してしまうのではないかという噂なのだが、これが、ただの噂とも言えなくてね……。あたしの耳に入った情報によると、先つ頃《さいごろ》、堺屋と菊水楼の御亭が歩行新宿《かちしんじゅく》の山吹亭《やまぶきてい》という料亭で何度か会食をしたそうでね」

「菊水楼って、南本宿《みなみほんじゅく》のあの妓楼《ぎろう》？」

天狗屋のみのりが甲張《かんば》った声を張り上げる。

「近江屋さん、そりゃ拙《まず》い！　通常、立場茶屋の主人《あるじ》と妓楼の御亭が歩行新宿の料亭で逢うなんてことは、ありえないことですからね。となると、考えたくないが、堺屋は菊水楼に見世を譲《ゆず》ろうとしているということ……」

釜屋康左衛門が眉根《まゆね》を寄せ、おりきを窺う。

おりきも困じ果てたような顔《こう》をして、頷いた。

忠助が苦渋《くじゅう》に満ちた顔をすると、再び、全員を見回す。

「堺屋と菊水楼が会食をしたからといって、見世を譲渡する話が出たかどうかは判《わか》りません。だが、あたしの調べたところによると、少なくとも二人は二度逢っている……。だとすれば、門前町としても手を拱《こまぬ》いているわけにはいきませんからね。それで、今日、皆さんに集まってもらったわけです」

「つまり、堺屋が妓楼に見世を売ろうとしているのを知り、黙って見ているつもりかということなんですね？　そんな莫迦なことが許せるはずもない！　門前町には白店しか置かない……。これは、品川宿が宿場町となって以来の決まり事なんですからね」

日頃の穏《おだ》やかな性格に似合わず、釜屋は業《ごう》が煮えたように鳴り立てた。

釜屋はこの品川宿門前町では老舗《しにせ》中の老舗で、立場茶屋と旅籠《はたご》の区別がはっきりとつけられてからも浪花講《なにわこう》の鑑札《かんさつ》を持ち、現在《いま》もその両方を兼ねていた。

その点では立場茶屋おりきも同じなのだが、釜屋は門前町の最古参《さいこさん》とあってか、白《しら》旅籠《はたご》としてのその想いはより一層強いようである。

「釜屋さんのおっしゃるとおりです。門前町に妓楼が出来るのを我々が容認できるはずがありません」

「しかも、裏道というのならまだしも、堺屋は街道沿いですからね」

「て、てんごうを言っちゃいけませんよ！　裏道であろうと、妓楼なんて許せるわけがない。

ばいいんですよ！」

菊水楼も菊水楼だ。そんなに手を広げたいのなら、両本宿か歩行新宿に空店《あきだな》を見つけれ
皆が口々に異を唱《とな》える。

「解りました。あたしは皆さんの気持を確認しておきたかったのですが、では、全員一致ということで、堺屋が妓楼に見世を譲渡するのを拒《こば》む……。それでいいですね？」

忠助が一人一人の顔を睨《ね》めつける。

「けど、堺屋がすでに菊水楼に見世の権利を渡していたとしたらどうします？」

みのりが不安も露《あら》わに、ぽつりと呟く。

あっと、皆は互いに顔を見合わせた。

「だからこそ、堺屋にそれを質すつもりなのです。だが考えてみれば、天狗屋の女将の言う通りかもしれない。ときすでに遅しということもありますからね……」

忠助が苦々《にがにが》しそうに唇をひん曲げる。

「なに、案ずることはありませんよ。仮に、双方《そうほう》で話が纏まっていたとしても、門前町の規定を翳《かざ》し、奉行所に訴え出てでも阻止すると言ってやればいいのです」

釜屋が自信たっぷりに、鼻蠢《おごめ》かす。

「だが、金の決済まで済んでいたとしたら？」

今度は、澤口屋が心細い声を出す。

澤口屋は心許《こころもと》ない顔をすると、全額決済でないとしても、手付《てつけ》が渡されていたらことですからね、と続けた。

釜屋がふふっと含み笑いをする。

「あたしは堺屋という男をよく知っていますが、あの男ほど、金に汚い男はいませんからね。なに、たいもない！　ちょいと鼻薬《はなぐすり》を嗅《か》がせてやれば、簡単に、額の高い方に靡《なび》きますからね」

「額の高い方に靡くって……。えっ、では、他にも誰か、堺屋を買う者がいると？」

赤城屋はよほど驚いたのか、梟《ふくろう》のように目を丸くした。

「場合によれば、うちが買ったっていい……。あたしはその腹でいますからね」

「それは、釜屋さんが出店《でみせ》を構えるということで？」

赤城屋がしわしわと目を瞬《しばた》く。

「まっ、釜屋さんほどの内証《ないしょ》なら、出店の一軒や二軒を持つことなんてどうってこともないのでしょうが、この世知辛《せちがら》いご時世《じせい》に、羨《うらや》ましい限りですよ。うちなんて、あの地震以来、青息吐息《あおいきといき》ですからね……。旅籠一軒持ち堪《こた》えるのにヒィヒィ言ってるのですからね」

「いや、うちだって、決して景気がよいわけではありません。が、門前町を護るためなら、清水《きよみず》の舞台から飛び降りる覚悟でいます。金は天下の廻物《まわりもの》。まっ、なんとかなるでしょう」

釜屋がきぶっせいな雰囲気を察し、気を兼ねたように言う。

すると、それまで口を挟《はさ》むことなく耳を傾けていた田澤屋伍吉が、おもむろに口を開いた。

「宜しいですかな、皆さま。あたしは門前町では新参者に入ります。それで、今まで口を挟むのを控《ひか》えていたのですが、もし、皆さまがお許し下さるのなら、あたしがその役目を買って出てはいけませんかな?」

「役目を買って出るとは……。では、田澤屋さんが堺屋と渡引《わたりひき》をなさるというのですか」

忠助が驚いたように伍吉を見る。

「ええ。現在《いま》の見世がそろそろ手狭《てぜま》になってきましたのでね。いっそ、家移《やうつ》りしても構わないと思いましてね」

「では、現在《いま》の見世はどうなさいます?」

「勿論《もちろん》、そのまま佃煮屋を続けます。息子夫婦がいますからね。いえね、何もあの見世のすべてを店舗《てんぽ》にしようというのではないのです。茶屋の一部を店舗に残し、残り部分を作業場やあたしの住まいに使えば、洲崎《すさき》の別荘に追いやってしまった母を引き取ることが出来ると思いましてね」

伍吉の言葉に、おりきは眉を開いた。

田澤屋の佃煮は、一介《いっかい》の海とんぼ（漁師）の女房だった伍吉の母おふなが創《つく》り上げた味である。

おふながいなければ、現在《いま》の田澤屋はなかったといっても過言《かごん》ではないだろう。

ところが、伍吉は田澤屋が多少のことでは微動《びどう》だにしない大店《おおだな》となった途端におふなの存在を煙《けむ》たがるようになり、楽隠居《らくいんきょ》とは名ばかり、洲崎の別荘に幽閉《ゆうへい》してしまったのだった。

そのため、此《こ》の中《じゅう》、耄碌《もうろく》の症状が出て来たというおふな……。

が、どうやら、伍吉も根っこの部分に温かい血が通っていたのである。

良かった……。

おりきは安堵《あんど》の息を吐《つ》き、伍吉には是非にも、堺屋と渡《わたり》をつけてほしいと願った。

「解りました。そういうことなら、我々も協力を惜《お》しみませんぞ！　ねっ、皆さん、ここはひとつ、堺屋と田澤屋の渡引がうまくいくように応援しようではありませんか」

忠助も溜飲《りゅういん》が下がったような顔をする。

「だが、とっくに半刻すぎたというのに、堺屋がまだ顔を見せないとは妙ではありませんか。近江屋さん、本当に、堺屋は来るのでしょうね？」

赤城屋が訝しそうに忠助を窺う。

忠助は眉根を寄せると、下足番に様子を見に行かせましょう、今暫《しばら》くお待ちを……、と言い置き、客間を出て行った。

ところがその頃、堺屋では大変な騒動となっていたのである。

堺屋栄太朗《えいたろう》が近江屋に出掛けようと母屋から見世に廻り、上がり框《かまち》で雪駄《せった》を履《は》こうとしたそのとき、ふわりと上体が傾き、そのまま前のめりに土間に突っ伏してしまったのである。

昼下がりのことで、茶屋には比較的客が少なかったが、それだけに目前で起きたことに客の反応は敏感《びんかん》で、驚いて玄関先まで飛び出して来る客や、板場から駆けつけた板場《いたば》衆《し》、茶立女、番頭、下足番といった使用人が入り乱れ、上を下への大騒動となった。

慌てて栄太朗を抱え起こそうとする者、動かしちゃなんねえ、鼾《いびき》をかいてるじゃねえか！　と制止する者、医者を、早く医者を、と甲張ったように鳴り立てる茶立女……。

四半刻《しはんとき》（三十分）後、南本宿から駆けつけた内藤素庵《ないとうそあん》の診断は脳卒中《のうそっちゅう》ということであったが、なにぶん店先で起きたことであり、番頭の采配《さいはい》で客に退去を願ったばかりか、当分の間、堺屋は休業ということになったのである。

知らせを聞いて堺屋を見回った亀蔵は、帰路、立場茶屋おりきの帳場に立ち寄った。

「素庵さまの話じゃ、堺屋はかなり重篤《じゅうとく》だとよ。何しろ、意識が戻らねえうえに、地響《じひび》きするほどの大鼾をかいてるっていうからよ……。まっ、よく保《も》って、二、三日ってとこらしいがよ」

亀蔵は苦虫《にがむし》を噛《か》み潰《つぶ》したような顔をして、おりきに報告をした。

「寄合にお見えにならないので案じていましたが、そんなことになっていたとは……。では、現在《いま》、堺屋さんは茶屋に寝かされているのですね？」

おりきが茶を淹れながら言うと、亀蔵がふうと太息《ふといき》を吐いた。

「ああ、母屋まで運べばいいんだろうが、素庵さまが動かさないほうがよいと言われるもんでよ。しかも、堺屋はあの図体《ずうたい》だろ？　身体《からだ》を揺《ゆ》らさねえまま母屋まで運ぶなんぞ、至難《しなん》の業《わざ》でよ。結句、見世はしばらく休業ってことにして、かみさんや茶立女が傍につくことになった……」

おりきも心配そうに眉根を寄せる。

「さぞや、お内儀《ないぎ》も心を痛めておいででしょうね。わたくしどもに何か出来ることがあればよいのですが……」

「おめえに出来ること？　ねえよ、そんなもん！　これまでのことを考えてみな？　こっちが良かれと思ってしてやったことでも、ふン、後でねちねちと難癖《なんくせ》つけやがってよ！　堺屋は主人の栄太朗も栄太朗だが、これまた番頭が一筋縄《ひとすじなわ》じゃいかねえほどの拗《す》ね者でよ！　そのうえ、板場衆から茶立女、下足番に至るまでが右に倣《なら》えってんだから、呆れ返《けえ》る引っ繰《く》り返る……。まっ、牛は牛連れってとこで、あいつら、それで結構うまくやってるんだろうがよ！」

亀蔵が鼻の頭に皺《しわ》を寄せ、憎体口《にくていぐち》を叩く。

「まっ、親分、そんなことを言ってはなりませんよ」

おりきは亀蔵を目で制したが、ふうと太息を吐いた。

強《あなが》ち、亀蔵の言ったことが外《はず》れていないように思えたのである。

というのも、堺屋は主人の栄太朗をはじめ、板場衆や茶立女、下足番にいたるまでが、立場茶屋おりきにこれまで敵対心を露わにしてきたのだった。

街道筋では、妓楼だけでなく立場茶屋や旅籠にも留女《とめおんな》（客引き）を置く見世が多いが、立場茶屋おりきでは、先代の頃より留女を置かないことで徹《とお》してきた。

そんなことをしなくても、美味《うま》い料理と気扱《きあつかい》さえあれば、客は自《おの》ずと寄って来るというのが、先代の考えだったのである。

ところが、それが堺屋には高慢《こうまん》と映《うつ》ったようで、あるときから、堺屋の留女が通行人に向けて、立場茶屋おりきを中傷《ちゆうしよう》するようになったのである。

茶屋番頭の甚助《じんすけ》など、風向きによって流れてくる留女の雑言《ぞうごん》に、肝《きも》を冷やしたほどである。

「寄ってきなんしょ！　ほかほかの炊《た》きたてだよ。美味いよ、安いよ！　嘘《うそ》だと思ったら、隣のおりきと比べてごらん。うちじゃ客の残り物なんて出さないからね。門前町一の堺屋だ！　寄ってきなんしょ！　食ってきなんしょ！」

堺屋の留女が往来に立ち、道行く旅人にそう声をかけていたのである。

同じく、その言葉を耳にしたおよねなどは、怒り心頭《しんとう》に発し、思わず見世を飛び出しそうになったという。

が、その腕をぐいと摑《つか》み引き留《と》めたのが、甚助であった。

「およね、みっともねえ真似《まね》をするもんじゃねえ！　放っておきゃいいんだ。客も莫迦じゃねえからよ。他人《ひと》の見世をあからさまに扱《こ》き下ろすような見世を、客が信用するはずがねえ。言いたいだけ言わせておけばいいんだよ！」

その話を甚助から聞いたおりきは、頭が下がるような思いであった。

「甚助、およね、よく堺屋の挑発《ちょうはつ》に乗らずに済ませてくれましたね。決して、見世同士が啀《いが》み合ってはならないのです。何が真実かは、お客さまが決めて下さいます。わたくしたちは何を言われようと浮き足立たず、心を込めて、お客さまに接するだけです」

確かあのとき、おりきは茶屋衆《ちゃやし》の前でそう言ったと思う。

が、堺屋の底巧《そこだく》みや嫌《いや》がらせは、留《とど》まるところを知らなかった。

堺屋栄太朗は釜屋と立場茶屋おりきだけが浪花講の鑑札を持ち、茶屋と旅籠の両方を許されていることがよほど面白《おもしろ》くないとみえ、あの手この手と底巧みをしては、蹴落《けお》とそうと画策《かくさく》してきたのだった。

だが、そんな堺屋も、寄る年波《としなみ》には敵《かな》わない。

後継者がいないまま、そろそろ隠居をと思った矢先、病《やまい》に倒れたのである。

亀蔵はチッと舌を打つと、おりきを睨めつけた。

「けどよ、おめえはそう言うが、あの男に情をかけるこたァねえんだ！　おめえだって、これまで何度、あの男のせいで辛酸《しんさん》を嘗めかけたかよ。幸い、これまではあの男が仕掛けた悪巧《わるだく》みに嵌《はま》ることなく切り抜けてきたがよ。下手《へた》をすりゃ、泣きの目にあってたかもしれねえんだぜ。だからよ、此度《こたび》のことは自業自得《じごうじとく》。罰《ばち》が当たっても仕方がねえんだよ！」

「けれども、堺屋さんがこれまでどんな生業《なりわい》をしてきたにせよ、人一人の生命《いのち》が消えかけているのですよ。それに堺屋には内儀もいれば、使用人もいます。今このような状態で主人《あるじ》を失うことにでもなれば、あの人たちは路頭《ろとう》に迷うことになります」

「何言ってやがる！　それが証拠に、堺屋はよ、使用人のことなんぞ、微塵芥子《みじんけし》ほども考えちゃいねえんだ！　あの男は菊水楼と渡をつけ、見世を手放すつもりになっていたんだぜ。てめえと女房はその金で楽隠居してよ、使用人の行く末など考えちゃいねえんだ！」

おりきの顔からさっと色が失《う》せた。

「では、もう契約が交わされたと……」

「いや、現在《いま》はまだ、菊水楼が手付を打った段階らしいがよ。番頭の話じゃ、年明け早々にも菊水楼から残金を貰い、それで契約が成立するそうだ」

「では、現在《いま》なら、まだ間に合うということなのですね？」

おりきが眉を開き、亀蔵を瞠《みつ》める。

「まだ間に合うたァ、一体《いってえ》、どういうことなんでェ」

亀蔵がとほんとした顔をする。

おりきは田澤屋伍吉が堺屋と渡引をしてもよいと言ったことを話した。

「ほう、田澤屋が……。そいつァ、渡りに舟と言いてェが、堺屋は明日をも知れねえ状態なんだぜ？　意識のねえ男を相手に、渡引もねえだろうに……」

亀蔵が忌々《いまいま》しそうに茶をぐびりと干す。

「けれども、堺屋と菊水楼の間には手付が打たれただけで、契約はまだ成立していません。今後、代理人として堺屋の内儀を立て話を進めることが可能なのではありませんか？」

亀蔵はふむっと腕を組んだ。

「そうよのう……。菊水楼と仮契約が済んでいたにしてもよ、手付金の倍《べえ》も返《けえ》せば、菊水楼には文句がねえだろうしよ。が、その場合、田澤屋の懐《ふところ》が痛むことになるが、田澤屋にゃ、その腹があるんだろうか……」

おりきは暫《しば》し考え、つと、亀蔵に目を据えた。

「あると思いますわ。田澤屋さんには、洲崎の別荘にいらっしゃるお母さまを呼び寄せたいという想いがおありですもの。見世の一部を店舗に、残り部分を作業場にというのも、佃煮を作ることを生き甲斐《がい》にしてこられたお母さまを思ってのこと……。醬油《しょうゆ》の匂《にお》いを肌身に感じながら暮らしていけば、お母さまの元気が出るのではないかとそうお思いなのでしょうし、それに、あの方には、何より門前町のために尽くしたいという気持がおありなのですよ」

亀蔵も納得したように、小鼻をぷくりと膨《ふく》らませた。

これは、亀蔵が満足なときに見せる癖である。

「よし解った！　田澤屋はしこたま溜《た》め込んでいるというからよ。金のこたァ心配《しんぺえ》ねえとして、後は堺屋の病状だ……。が、これぱかしは様子見ってことで、かみさんに堺屋の代理を願うにしても、今の今ってわけにゃいかねえだろうよ」

おりきと亀蔵は顔を見合わせた。

そして、どちらからともなく溜息《ためいき》を吐いた。

堺屋と田澤屋の間でうまく渡引がついたとして、三十名以上いる使用人たちは、これから先どうなるのであろうか……。
　が、おりきはその想いをぐっと呑み込んだ。
　口に出せば、亀蔵からまた、人の善《よ》いのもいい加減にしな！　おめえ、あいつらから
どんだけ貶《おとし》められたと思ってる、と呶り立てられそうに思ったのである。

　十二月八日の事始《ことはじめ》が過ぎると、俄《にわか》に、品川宿門前町の町並に節季候《せきぞろ》（年末に巡《めぐ》って来
る物貰い）や物売りの数が増えてくる。
　十三日の煤払《すすはら》いに向けての煤竹《すすだけ》売り、暦《こよみ》売り、門松《かどまつ》売り、扇箱《おうぎばこ》売りなどが呼び声も高
く売り歩き、覆面《ふくめん》の上から編笠《あみがさ》を被った節季候が、簓《ささら》や太鼓《たいこ》を打ち鳴らし、銭を乞《こ》うて
歩き廻るのだった。
　そうしてこの日、立場茶屋おりきの裏庭では、下足番吾平《ごへい》の指導の下《もと》に、子供たちが
あすなろ園の煤払いに興《きょう》じていた。
　手伝うというより興じるという言葉が相応《ふさわ》しいのは、子供たちにとっては煤払いも遊
びの一つであり、どうやら吾平や末吉《すえきち》に肩車をしてもらうのが嬉《うれ》しくて堪《たま》らない様子な
のである。
「これ、勇次《ゆうじ》、しゃんとせんか！　おめえ、煤竹を振り回しているだけで、ちっとも払

えてねえじゃねえか！」

　吾平が胴間声を張り上げる。

「だって、おいちゃんが揺らすんだもん！　落っこちそうで、おいら、おっかねえ……。ほら、まただァ！」

　吾平に肩車をされた勇次が七色声《なないろごえ》を上げる。

「だったら、おいらに代わってくれよ！　おいらのほうが勇ちゃんより背が高いんだからさ」

　卓也《たくや》が待ちきれないといったふうに、吾平の腰を揺する。

　その途端、勇次の身体が大きく揺らいだ。

「卓あんちゃん、止《や》めてくれ！　落っこちるじゃねえか」

「どれ、じゃ、そろそろ卓也と交代すっか？」

　吾平がドッコラショイと腰を落とす。

「あっ、狡《ずる》い！　次はおいねがおいちゃんの肩に乗る番だからね。卓あんちゃんはさっき末兄《すえにい》の肩に乗っかったじゃないか」

　おいねが慌てて駆け寄ってくる。

「煩《うる》せェ、女ごは引っ込んでな！」

　吾平の肩から下りた勇次が、きっと、おいねを睨めつける。

「なんでさ、なんで女ごは肩車をしてもらっちゃいけないのさ！」

「莫迦こけ！　肩車なんてしてみなよ。臀《おいど》が丸見えになっちまうんだぜ。それとも何かよ、おいねはおらたち男に臀を見せてェというのかよ」

おいねが途端に潮垂《しおた》れる。

その顔は、今にも泣き出しそうであった。

「さあ、皆さん、そこまでですよ！　勇ちゃん、女の子を泣かせては駄目でしょ？　勇ちゃんは男の子だし、おいねちゃんより年上なのですもの、庇《かば》ってあげなくてはね」

高城貞乃《たかぎさだの》が慌てて割って入り、勇次を窘《たしな》める。

内藤素庵の姪《めい》の貞乃が養護施設あすなろ園の寮母を務めるようになり、はや半年……。

現在《いま》では、すっかり子供たちの母親代わりとなっている。

勇次は不服そうに、ぷっと頰を膨らませた。

「おいら、おいねちゃんを庇ったんだぜ。女ごの子は男みてェなことをするもんじゃねえと思って……」

「そうね、庇ったのよね。でもね、おいねちゃんを庇うのなら、もっと違った言い方があったのじゃないかしら？　そうですね……。では、女の子は板間の水拭きを手伝ってもらいましょうか。おいねちゃん、みずきちゃん、おせんちゃん、さあ、中に入りましょうね」

貞乃がそう言い、女の子を連れてあすなろ園に入って行く。

「坊主、叱《しか》られちまったな。けどよ、おめえ、元気になったよな？　安心したぜ。じゃ、煤払いはこれくれェにして、次は落ち葉を掃《は》き集めてくれねえか？　それが終われば、お待ちかねの焚火《たきび》だ！　焼芋《やきいも》を焼いてやっから、待ってなよ」

吾平が勇次と卓也に竹箒《たけぼうき》を手渡す。

「ヤッタァ！」

二人は歓声を上げ、裏庭に散っていった。

卓也、勇次、おせんの三人が地震による火災で親兄弟を失って、半年が経《た》とうとする。孤児《みなしご》となった彼らを立場茶屋おりきの子供部屋に引き取り、その際、子供部屋を養護施設あすなろ園と名付けたのだが、当初、借りてきた猫のように怯《おび》えていた勇次も、三月《みつき》もすると、持ち前の腕白《わんぱく》な性質が次第に表に出るようになり、現在《いま》でも時たま寂《さみ》しそうな表情を見せるものの、やりたい放題……。

ことに気性《きしょう》の荒いおいねとは、こうしてしばしば、ぶつかりそうになるのだった。

だが、おりきも貞乃も、これはよい兆《きざ》しだと思っていた。

親のない子を畏縮《いしゅく》させてはならない。

縁あって、こうして一つ屋根の下で暮らすようになったのだから、親子、兄妹、家族として、ときには言い合いしながらも、のびのびと育ててやりたいと思っているのだった。

旅籠の水口《みずぐち》の戸が開いて、おりきが追廻《おいまわし》の京次《きょうじ》と一緒に芋の入った髭籠《ひげかご》を運んで来る。

「そろそろ、焼芋の出番かと思いましてね」

おりきが落ち葉を掃く男の子に目を細める。

「あら、女の子たちは？」

「へえ、それが……。例によって、勇次とおいねの間でひと悶着《もんちゃく》ありやしてね。それで、貞乃さまが気を利かせて、現在《いま》、女ごの子に板間の水拭きをさせていやしてね」

吾平の言葉に、おやおや、とおりきが苦笑する。

「けど、喧嘩《けんか》するほど仲が良いと言いやすからね。ここに来た頃の勇次を思えば、見違えるようだ……」

「本当にそうですわね。あれから半年が経つのですもの……」

「ようやくここでの生活に慣《な》れてきたと思ったら、善爺に死なれちまい、あいつ、またもや気を落としちまってよ……。勇次の奴、ここに来た当初から、どういうわけか善爺にだけは心を開いてたもんだから、こう立て続けに親兄弟や善爺を失ったんじゃ、どうかしちまうんじゃねえかと案じたが、ようやっと、ここんとこ笑顔が出るようになって、俺も安堵しやしてね」

善爺という言葉に、おりきの胸がきやりと揺れた。

どうやら、勇次だけでなく、おりきもまだ、善助を失った哀《かな》しみから立ち直っていないようである。

そう言えば、善助が元気だった頃にも、毎年煤払いの日には、こうして子供たちに号令をかけ、子供部屋や裏庭の隅々《すみずみ》までを清掃《せいそう》させた後、ご褒美《ほうび》として、焚火で焼芋を焼いたものである。

キャッキャッと燥《はしや》ぎながら焼芋を頬張《ほおば》る、三吉、おきち……。

そして、後から加わった、おいね、みずき……。

現在《いま》も目を閉じれば、善助の好々爺然《こうこうやぜん》とした顔が目に浮かぶようである。

おりきの眼窩《がんか》がつと熱くなる。

気配を察したのか、吾平が改まったようにおりきを見た。

「女将さん、あっしはとても善爺のようにはいかねえと思うが、叶《かな》うものなら、生涯《しょうげえ》、立場茶屋おりきのためにこの身を捧《ささ》げてェと……。なんだか大袈裟《おおげさ》な言い方になっちまったが、ここで世話になることになったとき、末吉を一人前《いちにんめえ》の下足番に仕立てたら身を退《ひ》くつもりでいやしたが、今さら、葛西《かさい》に帰《けえ》ったところで悦《よろこ》んでくれる者なんかいねえしよ……。それで、身体が動くうちは、このまま立場茶屋おりきで働かせてもらいてェと思っていやすが、どんなもんでしょう」

吾平が瞬《まばた》き一つせず、おりきを瞠める。

「まあ、そうしてくれますか！　ああ、良かった……。いえね、わたくしもそう思っていましたので、いつ言い出そうかと……。では、このまま立場茶屋おりきの家族でいてくれるのですね？」

「へい」

「でしたら、二階家が完成したら、猟師町《りょうしまち》の裏店《うらだな》を引き払って、こちらに移って下さいな。善助のために用意した部屋がありますので、そこを使うといいですよ」

「善爺が入《へえ》るために造った二階家だというのに、俺が入《へえ》ったんじゃ、死んだ善爺に申し訳がねえような気がしやすが、解りやした。これから本腰を入れ、ここで骨を埋《うず》めるためにも、悦んで入《へえ》らせていただきやしょう。それで、末吉は……」

「勿論、末吉も一緒ですよ。六畳間に二人で入ってもらうことになりますが、猟師町が四畳半一間だったのに比べれば、少しは余裕《ゆとり》があるかと……。我慢《がまん》してくれますね？」

「我慢だなんて、天骨《てんこち》もねえ！　極上上吉《ごくじょうじょうきち》ってなもんですよ」

吾平がそう言ったときである。

卓也と勇次が掻き集めた落ち葉を塵取《ちりと》りに入れて運んで来た。

「では、そろそろ焚火とすっか！　おっ、卓也、女の子たちを呼んで来な」

「あいよ！」

卓也があすなろ園に駆けて行く。

刻《とき》は八ツ半（午後三時）……。

旅籠の板場から、板場衆の声が流れてくる。

どうやら、夕餉《ゆうげ》膳《ぜん》の仕込みも大団円《だいだんえん》を迎えたようである。


帳場に戻ると、おりきの帰りを待ち構えていたとみえ、巳之吉《みのきち》が気配を察して障子の外から声をかけてきた。

「女将さん、宜しいでしょうか」

今宵の夕餉膳の打ち合わせは済ませていたので、おりきは、おやまだ何か、と首を傾げた。

「構いませんよ。お入りなさい」

巳之吉がするりと障子を開き、入って来る。

「どうしました？」

「それが……。あっしとしたことが、大変なことを失念してやした。確か、今宵の客に、三河《みかわ》の金剛堂《こんごうどう》の名がありやしたね？」

「ええ。金剛堂杉右衛門《すぎえもん》さまと内儀のお優《ゆう》さま……。それが何か？」

「金剛堂夫妻は三年前《めえ》にもお越し下せえやしたが、確か、あの折、内儀のお優さまは鯛《たい》の刺身《さしみ》にまったく箸《はし》をおつけにならず、手つかずの状態で返《けえ》ってきやしてね。あっしは不審《ふしん》に思ったもんだから、鯛をお好みにならねえのなら、他の刺身に替えやしょうかと、おみのに訊ねさせたんですよ」

巳之吉が困じ果てたような顔をする。

「それで？　お内儀はなんと……」

「鯛が嫌いなのではなく、生ものを口にしないのだと、そうおっしゃったそうで……。ならば、何か代わりのものをとおみのは言ったそうでやすが、元々小食のうえに、もう腹は充分くちくなっている、と内儀がそう答えられたとか……。それが三年前《めえ》のことでやしてね。それで、すっかり失念してしまっていたんだが、先ほど鮪《まぐろ》を下ろしていて、ふと、そのことを思い出しやしてね」

巳之吉が気を兼ねたように、上目におりきを窺う。

「三年前にそんなことがあったとは、今初めて耳にしましたわ。何故《なぜ》、そのとき、わたくしに報告しなかったのですか？　報告を受けていれば、留帳《とめちょう》にその旨を記《しる》していましたのに……」

「済みやせん。あっしが勝手に判断をしてしまいやした。というのも、おみのが刺身皿を下げようとすると、内儀が次の間まで出て来て、あまり大騒ぎをしないでほしい、と縋《すが》るような目をして手を合わされたそうで……。正な話、あっしはその意味が今ひとつ解りやせんでしたが、騒ぐなと言われたからには、女将さんにもそのことは話さねえほうがいいと思いやして……。あっしの裁量《さいりよう》で判断をしてしまい、申し訳ありやせんでした。そのときは、まさか金剛堂の旦那が再び内儀をお連れになるとは思っていやせんでしたので……」

巳之吉が恐縮したように頭を下げる。

「そうですか……」

おりきは肩息《かたいき》を吐いた。

料理旅籠の女将として、すべてに目が行き届いているようにと心懸《こころが》けてきたつもりでいても、この始末である。

だが、巳之吉は良かれと思い、敢《あ》えて自分の裁量で、報告しなかったのである。

「それで、浜木綿《はまゆう》の間だけ、急遽《きゆうきよ》、四品《よしな》目の造りをぐじ（甘鯛）の酒蒸《さかむ》しに替えようと思いやして……」

巳之吉が懐の中からお品書《しながき》を取り出す。

今宵の夕餉膳も、巳之吉流会席膳《かいせきぜん》である。

此の中、巳之吉はしばしばこの形を取るようになっていた。

本膳《ほんぜん》のように一つの膳に何品も載《の》せて出すのではなく、一品ずつ運ぶとあって女中たちには造作《ぞうさ》をかけることになるが、この形だと、次は何が出て来るのだろうかと客に期待を持たせることが出来、料理を盛る器《うつわ》選びにも幅が出て、一石二鳥《いっせきにちょう》の効果がある。

刺身を例に挙げてみると、本膳ならば四方型の蝶脚膳《ちょうあしぜん》の上に、刺身皿、椀物《わんもの》、蓋物《ふたもの》、小鉢《こばち》といった具合に三品か四品が収められるが、巳之吉流会席膳なら一品ずつ運ぶので、蝶脚膳には収めきれない変形皿《へんけいざら》や筏《いかだ》、手付き籠といった器が選べるのだった。

同時に、巳之吉が好んで使う添え物の草木の枝や葉も、こうすることにより、より一層の効果を放つことになる。

とはいえ、すべての客にこの形が取れるかといえば、そうでもない。

旧弊《きゅうへい》な考え方しか出来ない客や、武家を客として迎える場合は、従来通り本膳の形を取ることにしている。

つまり、巳之吉は永年培《つちか》ってきた料理人の勘《かん》を働かせ、予約客の名前を見て、本膳と会席膳の区別をつけているのだった。

おりきは改めて巳之吉の差し出したお品書に目を戻した。

先付《さきづけ》　百合根《ゆりね》羹《かん》（車海老《くるまえび》　雲丹《うに》　銀杏《ぎんなん》　柚子《ゆず》二杯酢《にはいず》）
　器　青磁《せいじ》百合《ゆり》形向付《がたむこうづけ》
八寸《はっすん》　香合《こうごう》入り海鼠《なまこ》みぞれ和《あ》え　椿寿司《つばきずし》　青竹串刺《あおだけくしざ》し（車海老つや煮　鮑《あわび》柔《やわ》らか煮

数の子粕漬《かすづけ》)
器　絵替蒔絵盆《えがわりまきえぼん》

椀物　うずら丸　壬生菜《みぶな》　柚子の清まし仕立て
器　梅蒔絵吸物椀《うめまきえすいものわん》

造り　鰤《ぶり》　縒《よ》り大根　人参《にんじん》　防風《ぼうふう》　長芋《ながいも》　大葉紫蘇《おおばじそ》　山葵《わさび》
器　乾山写扇面刺身皿《けんざんうつしせんめんさしみざら》

箸休め　煎《い》り銀杏　塩
器　青磁菊葉皿《せいじきくはざら》

焼物　焼き河豚《ふぐ》
器　織部焜炉《おりべこんろ》

炊き合わせ　聖護院大根風呂《しょうごいんだいこんふろ》吹き　柚子味噌《ゆずみそ》　ふり柚子
器　伊万里蓋茶碗《いまりふたちゃわん》

酢物　渡蟹菊花和え《わたりがにきつかあ》　菊花　しめじ　椎茸《しいたけ》　生姜酢《しょうがず》
　器　染付皿《そめつけざら》
揚物《あげもの》　油目唐揚《あぶらめからあげ》　大葉紫蘇　銀杏
　器　手付き籠
留椀《とめわん》　赤出汁《あかだし》　豆腐《とうふ》　滑子《なめこ》　三つ葉
　器　絵替吸物椀
ご飯　生姜飯
香《こう》の物　べったら漬　壬生菜
水物《みずもの》　紅白きんとん
　器　絵替蒔絵菓子皿

「では、鰤の刺身のところに、ぐじの酒蒸しを持っていこうというのですね」

おりきがお品書から目を上げる。

「ええ。ぐじの片身を半分に切り、昆布《こんぶ》を敷《し》いた器に載せて酒を振りかけて蒸し、ぐじに火が通ったところで、豆腐、焼き椎茸、春菊《しゅんぎく》を盛ってさらに蒸し、仕上げに出汁《だし》、塩、薄口醤油《うすくちしょうゆ》で吸い加減に味つけした地を張って、二杯酢と一緒にお出ししやす。これだと、さっぱりとした食感で、生ものがお嫌いな内儀も召し上がれるのではないかと思いやして……」

巳之吉がおりきを窺う。

「そうですね。この時季のぐじは脂《あぶら》が乗っていますし、椀物や留椀とも被りませんものね。けれども、旦那さまのほうはいかが致します？　ご夫婦ともぐじの酒蒸しにしてしまうのか、それとも、旦那さまは刺身で、内儀だけ酒蒸しに変更するのか……」

「それなんでやすがね」

巳之吉が思い屈《くっ》したような顔をする。

「どちらがいいか、そいつを女将さんに決めてもらおうと思いやしてね」

おりきもはたと首を傾げた。

今の時季、ぐじは脂が乗っていて美味《おい》しいが、脂が乗ったという点では、鰤はもっと上手《うわて》をいっている。

魚好きの者には、この時季の鰤、ことに刺身は堪《こた》えられない。

おりきは神棚《かみだな》の下の観音扉《かんのんとびら》を開き、過去数年の留帳を捲《めく》っていった。

「今、嘗《かつ》ての留帳を調べてみましたが、金剛堂さまがご友人と一緒にお越し下さった際には、お出ししたものをすべて綺麗《きれい》に食べて下さっています。ことに刺身がお好きなようで、四年前には、お代わりを催促《さいそく》なさったと記してあるほどですから、此度だけ刺身をお出ししないわけにはいかないでしょう。内儀の刺身を蒸し物に替えることも、巳之吉の気扱と受け取って下さるのではないかと思いますよ。巳之吉、迷うことはありません。おまえの考え通りにやりなさい」

おりきはそう言ったが、巳之吉はまだ割り切れないような顔をしている。

「まだ何か気にかかることが？」

巳之吉は首を振った。

「四年前《めえ》に刺身のお代わりを催促なさった旦那が、何ゆえ、三年前《めえ》は内儀の残した刺身を食べようとなさらなかったのか……」

そう言われてみると、そうである。

「三年前、旦那さまのほうの膳はどうでした？　何かお残しになったものがありまして？」

おりきが巳之吉を睨めつける。

「いえ、おみのの話では、旦那のほうは猫が跨《また》いで通るほど、何一つ残っちゃいなかったと……。おみのが猫跨ぎという言葉を使ったのがおかしくて、現在《いま》でもはっきりと憶《おぼ》えていやす」

おりきも首を傾げた。

人によっては、他人《ひと》の残り物に箸をつけることを極端《きょくたん》に嫌うこともある。

たとえ相手が連れ合いであっても、元を糺《ただ》せば赤の他人……。

金剛堂杉右衛門がそこまで癇性《かんしょう》な男とは思えないが、人は見かけによらないものである。

おりきは一瞬さざ波の立った胸を宥《なだ》めると、巳之吉に微笑《ほほえ》みかけた。

「案ずることはありませんよ。刺身の代わりに蒸し物をお出しすれば、寧《むし》ろ、巳之吉の心配りを悦んで下さることでしょう。さあ、気を取り直して、夕餉膳の仕度に戻って下さいな」

「解りやした」

巳之吉が会釈して、板場に戻って行く。

おりきは観音扉の中に留帳を戻しながら、改めて、留帳の持つ意味を知った。

留帳には、立場茶屋おりきが品川宿門前町に見世を構えたときからの歴史のすべてが詰まっている。

宿泊客の好みや特徴、そのとき何があり、何をお出ししたかまでが記されているのである。

「おゆき、これをおまえに託《たく》します。今日から、おまえは立場茶屋おりきの女将、おりきになったのですぞ。留帳から学ぶことです。学んだうえで、さらに、おまえ自身の立場茶屋おりきを創《つく》り上げていくのです」

先代から女将の座を譲られたとき、おりきはそう言って留帳を託された。

その後、年を経るにつれ、さらに増えていった留帳……。

「使用人と留帳……。これが何よりの財産と思うことです」

先代の言葉は胸に響いた。

女将さん、有難うございます……。

おりきはそう呟くと、そっと胸に留帳を抱いた。

ところが、それから一刻《いっとき》（二時間）後、玄関先で三河の古物商《こぶつしょう》金剛堂夫妻を出迎えた達吉とおみのは、あっと息を呑んだ。

杉右衛門が連れていた女性が、三年前の女とは別人だったのである。

女性の年の頃は四十代半ば……。

三年前に連れて来た女が三十代半ばで、確かあのときも、五十路《いそじ》もつれの杉右衛門の内儀にしては釣り合わないように思ったのだが、これは一体どういうことなのであろうか。

するとあのとき杉右衛門が家内だと紹介した女は妾《めかけ》で、目の前にいるのが内儀……。それとも、この三年の間に金剛堂に不幸があり、この女は杉右衛門の後添《のちぞ》いなのだろうか……。

達吉とおみのの脳裡《のうり》にそんな想いが交差したときである。

杉右衛門が取ってつけたように咳を打った。

「大番頭さん、なんと、ようやく来ることが出来ましたぞ！　この前ここに来たのが三年前……。あのときは、佐野屋《さのや》や仏法堂《ぶつぽうどう》がどろけん（泥酔《でいすい》）になっちまって済まなかったね。お詫《わ》びかたがたすぐにでも来ようと思っていたのだが、何しろ此の中景気が悪くて、以前のように江戸で商《あきな》いをするのもままならなくなった……。ところが、此度は家内の実家《さと》で祝事《いわいごと》がありましてね。それで、家内共々江戸に向かうことになったのだが、常々、あたしが品川宿門前町に立場茶屋おりきという風雅《ふうが》な料理旅籠があると話していたものだから、江戸行きが決まった途端、どうしても自分も連れて行けとやいのやいのとせびるものでしてね。ほれ、お三津《みつ》、挨拶《あいさつ》をせんか！」

杉右衛門は達吉が言葉を挟む隙《すき》を与えず、立て板に水がごとく一方的に捲《まく》し立て、内儀を前へと押し出した。

お三津が深々と辞儀をする。

「いつも主人がお世話になりまして……」

小柄で品の良い面立《おもだ》ちをした、見るからに仏性《ほとけしょう》の女性である。

達吉は慌てた。

「いえ、世話になっていますのは、てまえどもにございます。さあさ、長旅でお疲れにございましょう。洗足盥《せんそくだらい》をお使いになりましたら、お部屋のほうに……」

そう言うと、下足番の吾平と末吉に目まじする。

すると、おみのがすっと傍に寄ってきて、洗足盥を使う二人に悟《さと》られないように背中を向け、達吉の耳許《みみもと》に囁《ささや》いた。

「あの女《ひと》、三年前の女じゃありませんよね？　それに、三年前、佐野屋や仏法堂と来たなんて万八《まんぱち》（嘘）を……」

しっと、達吉が唇に指を当て、おみのを制す。

「余計なことを言うもんじゃねえ！　いいな、口が裂《さ》けても、三年前のことを口にするんじゃねえぞ」

達吉に窘められ、おみのはひょいと首を竦《すく》めた。

洗足を済ませた金剛堂夫妻がおみのに案内されて二階に上がると、達吉はやれと肩息を吐いて帳場に戻った。

「どうしました？　妙な顔をして……」

客室の挨拶用の着物に着替えていたおりきが、帯を締《し》める手を止め、怪訝《けげん》そうに達吉を窺う。

「へえ。それが……。たった今、金剛堂夫妻がお越しになったのですが、なんか妙でしてね」

「妙とは？」

「三年前《めえ》にお連れになった内儀と、此度の内儀が別人で……。いえ、あっしの見間違いなんかじゃありやせんぜ。第一《でえいち》、名前《なめえ》も違うし、おみのの奴も別人だと言ってやすからね。それで思うんだが、どうやら此度お連れになったのが正真正銘の内儀で、つまり、三年前《めえ》は別の女性……。というのも、内儀の顔を見て驚いたあっしの表情に、慌てて、三年前《めえ》は佐野屋や仏法堂がどろけんになって迷惑をかけたなんて万八を吐かれやしてね。あっしが思うに、あれは、三年前《めえ》のことを内儀に秘密にしてほしいと釘を刺したんじゃねえかと……」

達吉が苦虫を嚙み潰したような顔をする。

おりきは暫《しば》し考え、はっと顔を上げると、板場のほうに目をやった。

「巳之吉を呼んで下さい。早く、急いで下さいな！」

達吉が何が起きたのか解らないまま挙措《きょそ》を失い、板場へと向かう。

暫くして、達吉が巳之吉を連れて戻って来た。

「お呼びでしょうか」

巳之吉はどうして呼ばれたのか解らず、訝しそうな顔をしている。

「巳之吉、急遽、浜木綿の間の蒸し物を元に戻して下さい。まだ間に合いますね？」

「へい。ぐじの下拵《したごしら》えは済ませやしたが、構いません。では、金剛堂の内儀も刺身ってことで……。けど、此度も刺身をお残しになるのではありやせんか？」

「大丈夫ですよ。恐らく、此度は残されるようなことはないでしょう」

巳之吉が解《げ》せないといったふうに、目を瞬く。

「巳之吉、驚くんじゃねえぞ！　三年前《めえ》の内儀と此度の内儀は別人なんだよ。つまり、此度のが本物の内儀で、三年前《めえ》のは情婦《いろ》ってところだろうよ」

達吉がそう言うと、巳之吉は信じられないのか絶句し、さっとおりきに視線を移した。

おりきが頷く。

「恐らく、そうだと思います。ああ、でも、早く気づいてよかったですこと……。内儀の刺身だけが蒸し物に替わっていたら、説明に困りますものね」

巳之吉もようやく事情が呑み込めたようで、唇を歪《ゆが》めた。

「鶴亀《つるかめ》鶴亀……。気を利かせたつもりが徒《あだ》になったんじゃ、金剛堂の旦那が面皮《めんぴ》を欠くことになりかねなかった……」

「そういうこった！　刺身が原因《もと》で夫婦喧嘩《めおとげんか》なんてことになったんじゃ、敵《かな》わねえからよ」

おりきは改まったように達吉と巳之吉に目をやると、きっぱりと言い切った。

「いいですね。三年前のことには一切《いっさい》触れないこと！　おみのにもそう伝えて下さいな」

「へい。おみのにはもう伝えてやすが、改めて、釘を刺しておきやしょう」

三人は顔を見合わせ、ほぼ同時に、ふうと太息を吐いた。

それから一刻後、おりきは客室の挨拶に廻ると、最後に、浜木綿の間に訪《おとな》いを入れた。

「金剛堂さま、お久しゅうございます。暫くお見えになりませんでしたので案じておりましたが、ご息災《そくさい》な様子に安堵いたしました。今宵はまた、お内儀ともども……」

おりきが深々と頭を下げ、そう言いかけたときである。

「女将、堅苦《かたぐる》しい挨拶は抜きだ！　先ほども、大番頭には話したのだが、此度、家内の実家で祝事があり、それでこいつを連れて深川まで行くことになったのだが、常々、あたしが立場茶屋おりきほど気扱に長《た》けた宿はない、料理も美味ければ、女将が稀《まれ》に見る﨟長《ろうた》けた美印《びじるし》と豪語《ごうご》するものだから、そんなに良い宿なら、是非、自分も連れて行けとねだりましてね……。では、改めて紹介いたしましょう。こいつが家内の三津にございます」

杉右衛門が先手《せんて》を取るかのように、お三津を紹介した。

お三津がふくよかな顔にぼっとりとした笑みを湛《たた》え、頭を下げる。

「三津にございます。いつも主人が世話になり、感謝していますのよ。なんでも、三年前にお邪魔した際には、泥酔して醜態《しゅうたい》をさらしてしまったとか……。面倒をおかけしてしまい、申し訳ありませんでした」

「いや、だから、それはさっき大番頭にも話したのだが、佐野屋がひどく酔っ払っちまって……。なあ、女将、そうだったよね？」

杉右衛門が狼狽《うろた》え、救いを求めるかのようにちらとおりきを窺う。

おりきは、大丈夫ですよ、と目まじした。

「ご酒《しゅ》が入れば、どなたさまもお酔いになりますし、心地良く酔っていただくのが当方の務め……。どうぞ、ご案じなさいませんよう……」

「そう言って下さると、安心いたしました。でも、あたくし、嬉《うれ》しくって！　これまで主人からさんざっぱら立場茶屋おりきの噂を聞かされてきましたが、この男《ひと》が大風呂敷《おおぶろしき》を広げるのには慣れていましたので、話半分に聞いていたのですが、お伺《うかが》いしてみて初めて、主人の言ったことは法螺話《ほらばなし》ではなかったのだと解りましたわ。宿の佇《たたず》まいといい、﨟長けた女将さんや使用人の気扱……。何より、この見事な料理にただただ感激していますのよ。味もさることながら、器や盛りつけの素晴らしさ……。ことに、八寸の美しさには目を奪われました。蒔絵盆に裏白《うらじろ》の葉を敷いて、椿を象《かたど》った手鞠寿司《てまりずし》や竹串に刺した海老や鮑、数の子などが彩《いろど》りよく盛りつけてあるのですもの……。板前の感性の良さが窺えました」

お三津が、ねえ、と杉右衛門に同意を促《うなが》す。

「だろう？　ここの板頭は巳之吉といってね。京で修業したというが、あたしに言わせれば、京料理が兜《かぶと》を脱ぐほどの腕前だ。包丁《ほうちょう》の腕もさることながら、料理人の感性からいえば、八百善《やおぜん》や平清《ひらせい》の花板《はないた》も顔負け！　江戸一番の板前といっても過言ではないだろう。おまえが言うように、確かに八寸も良かったが、あたしは先付に出た百合根羹が気に入りましたぞ。百合根饅頭《まんじゆう》の上に載った車海老や雲丹、銀杏が気が利いていたし、全体を柚子の二杯酢で締めたところが、気に入った……。それに、ほれ、この鰤の刺身！　現在《いま》の鰤は脂が乗って、絶品だからよ。おっ、お三津、食わないのなら、そいつをこっちに廻しなさい」

おりきが部屋に上がったのは四品目の刺身が出された直後であったが、杉右衛門の刺身皿は大葉紫蘇や防風といったものまで見事に平らげられていて、どうやら刺身好きの杉右衛門にはそれではまだ足りないとみえ、内儀の皿にまで手を伸ばそうとする。

お三津があらあらと苦笑して、自分の皿を杉右衛門の膳に移す。

これが、夫婦の有り様なのである。

三年前、連れの女性が残した刺身に手をつけようとはせず、黙って下げさせた杉右衛門……。

お優という女性と杉右衛門がどんな関係なのか判らないが、仮に妾だとしても、どうやら矩《のり》を超《こ》えることの出来ない間柄であったようである。

杉右衛門はお三津の刺身を平らげると、お品書を手に取った。

「なになに、造りの次は箸休めとな……。ほう、煎り銀杏か。そいつは愉《たの》しみだ。女将、巳之吉流会席膳というのは、実にいい！　一品ずつ出て来る仕組みには、次は何が出るのかという愉しみがあるし、熱いものは熱いうちにと絶妙の頃合いを味わえるのでな……。では、箸休めが出る前に、あたしは用を足してきますかな」

杉右衛門が立ち上がる。

「では、ご案内を……」

おりきも内儀に会釈をして立ち上がった。

二階の厠《かわや》は廊下の突き当たりである。

おりきが先に立ち案内しようとすると、杉右衛門がおりきの肩をこちょこちょとつつき、手を合わせた。

「済まなかった……。実は、三年前のことは家内に内緒でね……。まさか、家内をここに連れて来ることになるとは夢にも思わなかったものだから、三年前、あんな嘘を吐いてしまったが、どうかあの女ごのことだけは家内にはこれで……」

杉右衛門は唇に指を当て、頭を下げた。

「畏《かしこ》まりました」

「いや、それだけ確認しておきたかったのでな。女将はもう下がって下され。勝手知ったるで、厠の場所は知っているからよ」

再び、杉右衛門は胸前で手を合わせた。


「やれ、金剛堂にはとんだ冷や汗ものでしたね。あっしは三年前《めえ》のことがいつ内儀に暴《ば》露《れ》るかと、どぎまぎしてやしたからね」

翌朝、金剛堂夫妻を見送り帳場に戻って来た達吉は、ちょいと肩を竦めてみせた。

が、どういうわけか、おりきは呆然《ぼうぜん》としたように、手にした袱紗包《ふくさづつ》みを眺《なが》めている。

「どうかしやしたか?」

達吉が訊ねると、おりきは袱紗の中を見ろと促した。

「えっ、二両も……。これは金剛堂の?」

達吉が目を点にする。

「恐らく、口止め料の意味があるのでしょうが、それにしても多すぎます。けれども、お返ししようとすぐに後を追ったのですが、内儀が傍にいらっしゃったものですから、あからさまにお返しすることが出来ませんでした。仕方がないものですから、この次、金剛堂さまがお見えになるまで預かっておくことにしたのですが、何故かしらすっきりとしなくて……」

「けど、金剛堂は女将さんが渡した書出《かきだし》（請求書）を見たうえで、支払われたのでは……」

「ええ、それはそうなのですがね。旦那さまが一人で帳場までおいでになり、宿賃だと袱紗に包んだまま渡されましたので、中身だけ頂いて袱紗をお返ししようとすると、そのまま受け取ってくれ、袱紗は三年前に連れの女ごが借りたままになっていたものだ、と言われましてね。それで、わたくしも思い出したのですが、あのとき、お連れになったお優さまが巳之吉の手鞠麩《てまりふ》や梅麩《うめふ》を大層気に入られ、すぐに食べてしまうのが勿体《もったい》ない、もう暫く眺めていたいと言われましたので、では旅の途中で召し上がり下さいませ、と手鞠麩を小箱に入れ袱紗に包んでお渡ししたのですが、旦那さまはそのときの袱紗のことをおっしゃっていたのですよ……。それで、この袱紗は差し上げたつもりなのですよ、と言ったのですが、突然、辛《つら》そうな顔をなさいましてね」

おりきがつと眉根を寄せる。

「辛《つれ》ェって、何が……」

「お優さま、亡くなられたのですって……。いえ、わたくしが訊ねたわけではないのですよ。恐らく、傍に内儀がいらっしゃらなかったので、それで話す気になられたのでしょうが、三年前、こちらにお連れになったときにはすでに病の身だったとか……。心《しん》の臓《ぞう》が悪かったそうですが、旦那さまはお優さまがもうあまり永く生きられないと覚悟をなさっていたそうですの。それで、思い出を作るために、無理を承知で二人だけの旅をなさったのだとか……」

「なんと……。けど、そのことは内儀には内緒でってことでやすよね？」

「恐らく、そうだと思います。だから、三年前、佐野屋や仏法堂と一緒だったと嘘を吐かれたのでしょう」

「けど、死ぬと判った女ごと思い出作りの旅とは……。あの旦那、武骨《ぶこつ》な顔をして、なかなかやるもんじゃねえか！　しかもよ、そんな女ごがいたことなど曖《おく》にも出さず、女ごを連れて来た宿に今度は女房を連れて来て、つるりとした顔をして遣《や》り過ごすとはよ！　へっ、知らぬは女房ばかりってか！　なんだか、虚仮《こけ》にされた内儀が気の毒になってきやすね」

達吉が憎体に顔を顰《しか》める。

が、おりきは首を傾げた。

本当に、お三津は夫に妾のいたことを知らなかったのであろうか。

ふわりとした仏性のお三津……。

だが、人は見かけでは計《はか》れない。

おりきには、お三津が何事にも動じない、芯《しん》の強さを秘《ひ》めているように思えたのである。

案外、杉右衛門とお優のことも知っているのかもしれない。

知っていて、敢えて、見て見ぬ振りで徹したのだとしたら……。

「わざわざ袱紗をお返しになることはありませんでしたのに……」

あのとき袱紗を返そうとした杉右衛門にそう言うと、杉右衛門は戸惑《とまど》ったような顔をした。

「いや、実は、あたしもこちらで袱紗を借りていたことを失念していましてね。ところが、支払いを済ませて来ると言うと、家内が振り分け荷物の中から袱紗を取りだし、これは三年前におまえさまが女将さんからお借りした袱紗です。裸のまま宿賃を手渡すのではなく、同じことならこれに包んで渡しなさい、と言いましてね。それで、そう言えば……、と三年前のことを思い出しましてね」

「けれども、奥さまはお優さまのことをご存知ないのでは……」

「勿論、知るはずがありません。家内には袱紗はあたしに入り用があり、女将から拝借したのだと言ってありましたからね」

あのとき、おりきと杉右衛門の間で、袱紗を巡ってそんな会話がなされたのである。

そのときには何も感じなかったが、今思うに、やはり、お三津は杉右衛門とお優が立場茶屋おりきに宿泊したことを知っていたのではなかろうか……。

渦中《かちゆう》にあるときには怖くて直視できなかったことも、女ごの存在が過去のものとなってしまうと、突如、覗《のぞ》いてみたくなる……。

その気持は、おりきにも解らなくもなかった。

だから、お三津は自分も立場茶屋おりきに連れて行けと杉右衛門にねだったのではなかろうか。

「男と女ごのこたァ計り知れねえというが、あの内儀が虫も殺せねえ仏性の女ごだけに、俺ャ、余計こそ、罪深《つみぶけ》ェ旦那が許せねえ！　が、知らぬが仏……。知らねえってことほど、強《つえ》ェこたァねえからよ」

「…………」

おりきには言葉がなかった。

「そりゃそうと、番頭見習のことでやすが、女将さんに逢ってもらいてェ男がいやしてね」

達吉が思い出したように、唐突《とうとつ》な言い方をする。

「番頭見習とは……」

おりきは言いかけ、はっと、そろそろ後進《こうしん》を育てなければならないと言った、達吉の言葉を思い出した。

六十路に手が届きそうになり、此の中とみに視力が落ちてきた達吉が、下足番の善助を例に挙げ、自分も安心して後を託せる番頭を育てたいと言い出したのは、善助が亡くなる少し前のことである。

「善爺は吾平というしっかりとした下足番に後を託して現役を退いたからいいようなものの、あっしも六十路に手が届こうという歳になりやしたからね。いつ、何が起きてもおかしくねえ……。それで、旅籠の番頭を務める男を育てなくてはと思いやしてね。いや、誤解してもらっちゃ困るんだがよ。別に、今すぐ隠居するってわけじゃなく、今のうちに後進を育てておかなきゃ、とんでもねえことになると思って……。いけやせんか？」

確か、達吉はそう言った。

それが、善助の老《お》いが如実《にょじつ》に目立つようになったときのことで、その直後、達吉は善助の死に直面したわけである。

おりきにも、達吉が老いを懼《おそ》れる気持が手に取るように理解できた。

「では、どなたか適当な男《ひと》が見つかったのですか？」

おりきは達吉を瞠めた。

「へい。見つかったというより、引き抜いちゃどうかと思いやして……」

「おやおや、穏やかではありませんね。それで？」

おりきに睨めつけられ、達吉は狼狽えた。

「実は、堺屋の番頭見習でやして……」

えっと、おりきは耳を疑った。

「女将さんが不審に思うのも無理はねえが、潤三《じゅんぞう》という男でしてね。あっしも今まで知らなかったんだが、堺屋の番頭も六十路近くになって、あっしと同じように後進を育てようと思ったのか、一年ほど前《めえ》にその男を入れたそうなんだが、育てようにも何も、堺屋はあの様《ざま》だ……。旦那が倒れて以来、見世は閉めたままだし、聞くところによると、板場衆や茶立女も見切りをつけたのか、まるで夜逃げでもするかのように一人減り二人減りしているそうで……。が、そうそう右から左へと奉公先が見つかるもんじゃねえ……。しかも、これまでの奉公先があの堺屋ときたんじゃ、この門前町では煙たがられるのが関の山！　心さら（無垢《むく》）な身体で奉公に上がっても、二、三年もすりゃ、どいつもこいつも判《はん》で押したみてェに鼻つまみ者になっているというからよ……。そんな中にいて、この潤三という男はどこか違う！　これは出入りの茶問屋の番頭から聞いた話でやすがね。潤三という男は物腰《ものごし》が柔らかく、誰に対しても謙虚《けんきょ》で、客ばかりか出入りの商人《あきんど》が口を揃《そろ》えて、あの男のことを掃き溜《だ》めに鶴と言うそうで……。それで、あっしも三日前《めえ》に逢ってきたばかりでやしてね」

　達吉は掘り出し物でも見つけたかのような顔をした。

　おりきが早く言えと目で促す。

「これがまた……、噂に違《たが》わず怜悧《れいり》な男でしてね。口数は少ねえが、一を聞いて十を知るようなところがあり、何より、あっしはあいつの目が気に入った！　穢《けが》れのねえ澄《す》んだ目をしてやしてね。歳は二十一……。今から仕込めば、二、三年もすれば、立場茶屋おりきの旅籠を仕切れる番頭になること間違《まちげ》ェありやせん！」

　達吉が鼻蠢かせる。

「まあ、ずいぶんの入れ込みようですこと！　それで、潤三さんはうちに来る気持があるのですか？」

　達吉はへいと頷いたが、何やらまだ問題があるとみえ、唇を窄《つぼ》めた。

「何か？」

「いえね、あの男にうちに来たい気持があるのは間違《まちげ》ェねえんだが、潤三が言うには、自分は堺屋の番頭に声をかけてもらい、この道に入《へえ》った、犬や猫でも三日飼《か》えば恩を忘れねえというが、自分はましてや人間……、一宿一飯《いっしゅくいっぱん》の恩義を忘れることなく、堺屋が暖簾《のれん》を掲《かか》げているうちは、見世のほうから暇を出されねえ限り、沈みかけた舟から逃げ出すつもりはねえ……、とまあ、こう言いやしてね。あっしはその言葉を聞いて、ますます潤三に惚《ほ》れ込んじまってよ！」

おりきの胸も、何故かしら、ふわりとした温かいもので包まれた。

次々と入って来る堺屋の噂は耳を塞ぎたくなるものばかりだったが、天道人《てんどう》を殺さず……。

堺屋にも、まだ、このように情の厚い若者がいたのである。

「けど、案じるこたァありやせん。早晩《そうばん》、堺屋が店仕舞《みせじめ》ェするのは間違《まちげ》ェねえからよ。潤三がうちに来るのは、それからだっていい。ただ、その前《めえ》に、一度、女将さんに逢っておいてもらいてェと思いやして……」

「それは構いませんが、潤三さんもわたくしに逢うことを承知なさっているのですね？」

「ええ、話はついてやす。潤三も女将さんに逢うのが愉しみなようでやしたからね。それで、いつ、お逢いになりやす？」

「わたくしはいつでも構いません。潤三さんの都合に合わせましょう」

「よし、決まった！」

達吉がポンと手を打つ。

「じゃ、さっそく、繋《つな》ぎをつけて参りやしょう」

堺屋栄太朗が息を引き取ったのは、それから三日後のことだった。

野辺《のべ》送りは見世の長飯台《ながはんだい》を片づけた広間で行われたが、一時は飛ぶ鳥を落とすほどの勢いで、派手《はで》なことの好きだった堺屋にしては会葬客《かいそうきゃく》も少なく、寂しい野辺送りに思えた。

が、おりきは会葬客が少ないというより、使用人の数があまりにも少ないのに、胸が詰まった。

内儀に番頭、それに、達吉がおりきの耳許で、ほれ、あの男が潤三でやすよ、と囁いた若い男と、それとは別に、茶立女が二人に板場衆が二人……。

三十名を超える大所帯だった頃に比べると、あまりの少なさに、おりきは言葉を失った。

堺屋に後継者がいなかったことに原因があるのだろうが、それにしても、人の情とはこんなにまで薄いものなのだろうか。

犬や猫だって三日飼えば……。

おりきの脳裡に、潤三の言葉が甦《よみがえ》る。

潤三は終始俯き加減で、焼香台《しょうこうだい》の傍に坐《すわ》り会葬客の一人一人に頭を下げていた。

達吉の言葉通り、凜々しい面差しをした好青年である。

おりきとはまだ正式に対面していなかったが、焼香しようと近づくと、潤三はつと目を上げておりきを瞠め、深々と辞儀をした。

憂《うれ》いと決意の漲《みなぎ》った、深い瞳が心に沁《し》みた。

潤三との正式な対面は、まだ少し先になるだろう。

が、一瞬、絡《から》まった二人の視線……。

何故かしら、おりきはそこに古くからの縁《えにし》を感じた。

それから一廻り(一週間)後のことである。

近江屋忠助がこれから堺屋と田澤屋の渡引が始まるので、おりきにも立ち会ってくれないかと言ってきた。

門前町の宿老である忠助が立ち会うのは不思議でないとしても、何ゆえ、わたくしが……、とおりきは戸惑った。

「なに、おまえさんに立ち会ってほしいと頼んだのは、堺屋のかみさんでよ。恐らく、男連中に囲まれて女ご一人というのが心細いのだろうから、傍についていてやんな。何も肩肘《かたひじ》を張ることはない。石の地蔵《じぞう》さんを決め込んで、黙って坐ってるだけでいいんだからよ」

忠助のその言葉でおりきも渡引に立ち会うことにしたのだが、考えてみれば、堺屋の内儀とは往来で一、二度すれ違った程度で、会話らしい会話を交わしたこともない。

それというのも、これまで栄太朗が内儀をあまり表に出したがらず、外向きのことはすべて栄太朗一人が熟《こな》していたからである。

そのため、内情を知らない者は、堺屋には内儀はいないと思っていたらしく、口さがない連中など、堺屋には女将もいなければ女房もいない、いるのは婆《ばあ》やかお袋かと揶揄《やゆ》していたほどである。

それほどお庸《よう》という内儀は地味な女ごで、歳は栄太朗とおっつかっつながらも、常から素綺羅《そきら》（普段着）のためか、歳より老けて見えたのである。

たまに、おりきと往来ですれ違うことがあっても、お庸は小腰《こごし》を屈め、顔を伏せたまま通り過ぎようとする。

事実、おりきも茶屋に古くからいる茶立女のおよねから、今のが堺屋の内儀お庸さんですよ、と耳打ちされなければ、気がつかなかったほどである。

そんなお庸であるから、渡引の場に女ご一人では心細いという気持はおりきにもよく解った。

考えてみれば、女ごの立場ほど心許ないものはないだろう。

女ごは常に男の陰に隠れ、亭主や子が表舞台で活躍するのを支えていかなければならない。

それでもまだ、子供でもいれば育てるという生き甲斐《がい》があるし、無償《むしよう》の愛を捧げることも出来るが、哀しいかな、お庸には子がいなかった。

せめて、おりきのように女将として見世を束ねていれば、店衆《たなし》を我が子と思い心の交流も出来たであろうに、こうして頼り切っていた亭主に死なれてみれば、たった一人、老いた女ごが取り残されてしまうのである。

お庸さま……。

おりきの胸が熱くなった。

わたくしには腹を痛めた子はいないけど、お庸さまに比べると、ほら、こんなに沢山の家族がいるではないか……。

おりきは店衆の一人一人を頭に描き、改めて、有難うよ、おまえたち……、と呟いた。

堺屋と田澤屋の渡引は、堺屋の母屋で行われた。

お庸はおりきの姿を認めると、縋るような目をして、軽く会釈した。

今日のお庸の出《い》で立ちは、さすがに常着《つねぎ》では通らないとでも思ったのか、銀鼠《ぎんねず》の大島《おおしま》紬《つむぎ》である。

恐らく一張羅《いっちょうら》を着込んだのであろうが、野辺送りのときの喪服《もふく》にしても大島にしても、こうしてきちんと正装をすれば、お庸も決して捨てたものではない。

「ご足労《そくろう》をかけて申し訳ありません」

「構いませんのよ。お庸さま、すべてを近江屋さんにお委《まか》せしましょうね。大丈夫ですよ。決して、おまえさまが困るようなことはなさいませんからね」

そう言うと、お庸は安堵したように頷いた。

忠助の話では、やはり堺屋は菊水楼と渡をつけていたらしい。

「けれども、案ずることはありませんでした。手付として三十両支払われただけで、残りの金は年が明けてからということで、売買契約はまだ終わってはいませんでしたからね。それであたしが間に入って、おまえさんが諦《あきら》めてくれれば田澤屋が手付の倍返しをすると言っている、と言ってやりましてね。ふふっ、あのときの菊水楼の顔をおまえさんたちに見せてやりたかったよ！　まるで、飴玉《あめだま》を見せられた子供のように目を輝かせましてね。まっ、それはそうでしょう、黙って坐っていただけで濡《ぬ》れ手に粟《あわ》……。まるまる三十両が懐に入ったのですからね。それで思うんだが、菊水楼に本気で堺屋を買う気があったかどうか……。堺屋と交わした書付《かきつけ》を見せてもらったんだが、売値《うりね》が法外《ほうがい》な値でね。菊水楼に手付の三十両は払えたにしても、果たして残りの金が払えたかどうか怪《あや》しいもんだ。というのも、菊水楼の奴、つるりとした顔をして、一度に払うのは大変なので分割にしてもらうつもりだったなんてことを言うではありませんか！　あたしは唖然《あぜん》としてしまいましたよ。土地家屋《かおく》の売買で分割払いなんて聞いたこともないし、第一、あの爪《つめ》の長い（欲深い）、あっ、これは失礼を……。いえね、堺屋が分割なんて承知するはずがありませんからね」

忠助は拙《まず》いことを言ったとでも思ったのか、お庸に頭を下げた。

お庸が寂しそうな笑いを見せる。

「いえ、構わないのですよ。あの男《ひと》ほど爪長《つめなが》な男はいませんもの……」

「お庸さん、安心して下さい。あたしどもにここを買わせていただければ、分割払いなんて吝嗇《けち》なことは言いません。手付の倍返しも当方がやりますし、なんなら、菊水楼の買値《かいね》に色をつけてもいいのですよ」

田澤屋伍吉が割って入ってくる。

「あたし……、お金のことなんて……。老い先短いというのに、お金を貰ったところでなんになりましょう」

お庸が項垂《うなだ》れ、膝《ひざ》の上でしきりに手を扱《しご》く。

金を貰っても仕方がないと言われた伍吉は、途方《とほう》に暮れたような顔をした。

「金が要らないと言われても、うちとしては正当な値で買わせてもらいますよ。それより他に方法がありませんからね。弱りましたな、近江屋さん」

忠助もうむっと腕を組んだ。

「金はないよりあるに超したことがない……。しかも、この先、老いていく身に何があるか分からないのですよ。それに、お庸さんの住まいのことも考えなければならないし、何をするにしても、先立つのは金ですからね」

「住まいねえ……。そうだ、洲崎の別荘はどうでしょう。いえね、実は、現在《いま》あたしの母親がそこに住んでいるのですがね。こちらを買わせていただけるようなら、母をここに引き取り、最後の親孝行をしようと思っているのですが、そうなると、洲崎の別荘が要らなくなりますからね……。それでね、あそこならこの見世に比べるとうんと格安なので、下男やお端女《はした》を雇ったところで、ゆうゆうと余生を送るだけの金は残る……。ねっ、皆さん、良い考えとは思いませんか？」

伍吉が忠助を窺い、続いて、おりきへと視線を移す。

おりきもそっとお庸を窺った。

お庸はどう見ても辛そうで、相変わらず俯いたまま手を扱いているが、全身から寂寥感《せきりょうかん》が漂ってきた。

おりきはつと伍吉に目を戻すと、そうでしょうか、と呟いた。

「田澤屋さまはこれまでお母さまを洲崎に幽閉してしまい、可哀相《かわいそう》なことをしたとおっしゃいましたよね？　佃煮を作ることを生き甲斐としてきた母のために、これからは佃煮の匂いのする場所に置いてやりたいと、そうもおっしゃいました。ご自分のお母さまのことではそんなふうに思えるのに、お子のいないお庸さまをそんな場所に住まわせても構わないのですか？　身寄りのないお庸さまには訪ねて行く人もいませんのよ。使用人が身の回りの世話をしてくれるといっても、そんなに寂しいことはありません。人は某《なにがし》かの形で他人《ひと》の役に立ち、それで活き活きとした生き方が出来るのです。お金があ

って も、お庸さまから生き甲斐を奪ってしまったのでは、生ける屍《しかばね》も同様……。あら、申し訳ありません。つい口幅《くちはば》ったいことを言ってしまいました」

おりきが気を兼ねたように頭を下げる。

「いや、おりきさんの言う通りかもしれない。お庸さんはこれまで見世にこそ出なかったが、母屋を仕切り、旦那の世話をしてきたんだもんな」

忠助がそう言うと、お庸は顔を上げ、おりきを瞠めた。

「主人は表向きには派手な振る舞いをしましたが、その反動なのでしょうか、母屋に帰るとあたしに始末に始末を強《し》いて、お端女を置くことを許しませんでした。ですから、母屋の家事一切はあたし一人がすることになり、見世には出してもらえませんでしたが、それはそれで生き甲斐というか、これでも裏方《うらかた》として役に立っていると満足していました。ですから、金があるので何もしなくてよいと言われても、生き甲斐を失ったのでは……。それに、洲崎なんて……。そんなところに一人きりでいるのは嫌です。おりきさま、田澤屋さま、あたしをお端女として使ってもらえないでしょうか？」

お庸が切羽詰《せっぱつ》まったような顔をして、二人を瞠める。

ああ……、とおりきは胸の内で呟いた。

お庸は寂しいのである。

人との繋がりは金に替えられるものではない。

日々の会話や心の交流、たとえ諍《いさか》いがあったとしても、繋がりがないよりあるに超したことはない。

お庸さえその気なら、いっそ、新しく出来る二階家に引き取ってもよいのである。が、そう思ったとき、とめ婆さんの金壺眼《かなつぼまなこ》が眼窩を過《よ》ぎった。

どう考えても、あのとめ婆さんがお庸とうまくやっていけるはずがない。

となれば、一体どうしたものかしら……。

そう思ったときである。

「よいてや！　田澤屋がお庸さんを引き取ろうではないか。実は、今日初めて堺屋の内部を拝見したのだが、街道に面して見世があり、その奥が板場……。そして中庭を挟んで母屋となっているが、店舗は現在《いま》の茶屋部分の三分の一もあればいいのだし、残りを作業場に当てたところで、母屋がこんなにも広い。母屋に少し手を入れ、ここにあたしたち夫婦の住まいと母の隠居部屋を造り、お庸さん、おまえさんに母の世話役をやってもらいましょうか……。母は年が明けて八十二歳と高齢ですが、さほど耄碌の症状が酷《ひど》いわけでもないし、身体も丈夫です。それに、佃煮の匂いのする場所に置いてやれば、再び元気を取り戻すと思うので、ひとつ面倒を見てやって下さいませんか？　お端女だと思うことはない。家族のつもりでいてくれればいいのだからね」

伍吉が仕こなし顔にそう言った。

お庸が眉を開き、ほっとしたようにおりきを見る。

「但《ただ》し、言っておきますが、堺屋は正当な値で買わせてもらいますよ。世間から、内儀を丸め込んで田澤屋が堺屋を乗っ取った、なんて言われては困りますからね。年明け早々、契約を交わしましょう。そのときは、改めて近江屋さんとおりきさんに証人となってもらいます。いいですね？　あたしはおまえさんが要らないと言っても、金を払います。その金を何に遣おうが誰にくれてやろうが、それはおまえさんの勝手です。近江屋さん、おりきさん、それで宜しいですな？」

伍吉が満足そうに微笑む。

「ええ。わたくしもそれが一番良いかと思います」

「水は低きところに流れるというが、収まるところに収まり、お庸さんもここを離れなくて済んだのだ。栄太朗さんの死から間がないというのにこんな言葉を使うのは不謹慎《ふきんしん》と思うが、まずは目出度《めでた》い！」

忠助が戯《おど》けたように首を竦め、それで皆の胸にも和《なご》やかなものが甦った。

その後、契約、金の引き渡しは正月明け、改築作業は栄太朗の四十九日がすんでからということになり、渡引はお開きとなった。

そして、おりきがお庸に挨拶をして辞そうとしたときである。

「少しお待ち下さいます？」

お庸がおりきの耳許に囁き、中庭に下りて行った。

そうして、泉水《せんすい》の脇に植わった石蕗《つわぶき》の花を摘《つ》み取ると、黄色く輝く花を手に戻って来た。

「さして珍しくもない花ですが、おりきさまの見世では、花はいくらでも必要かと……。これね、主人が好きだった花ですの。ふふっ、なんてことはないのですよ。主人の好きな理由は、若葉や葉柄《ようへい》が食用になるから……。いかにも、あの男《ひと》らしいでしょう？　おりきさまには感謝していますのよ。これまでの主人がしてきた嫌がらせの数々……。さぞや、業が煮えることもおありだったと思いますのに、いつも柳に風と受け流して下さり助かりました。あの男《ひと》も決して根は悪い男ではないのですが、裸一貫《はだかいつかん》、ここまで見世を大きくして参りましたもので、皆に好かれ、顧客《こきやく》の多い立場茶屋おりきが羨ましくて堪らなかったのだと思います。許してやって下さいね」

お庸が深々と頭を下げる。

「許すも何も、わたくしどもと堺屋さまの間で何かあったというわけではありませんのよ。結句、わたくしたちはよき競争相手だったのだと思います。堺屋さんに学ぶべきところも多々《たた》ありましたし、大切な競争相手を失ったのですもの、正直、寂しくて堪りません」

「そんなふうに言って下さるなんて……。おりきさま、有難うございます」

お庸の目に涙が盛り上がった。

おりきは手渡された石蕗の花を胸に抱き、堺屋さん、栄太朗さん、ご苦労さまでした……、と胸の内で呟いた。

その刹那《せつな》、おりきの目に涙が衝《つ》き上げた。

慌てて石蕗の花に目を落とすと、黄色い花が誇《ほこ》らしげに輝き、つっと、涙ぐんだおりきの目を射《い》った。

鰯三昧《いわしざんまい》

宇江佐真理

宇江佐真理（うえざ・まり）
一九四九年北海道生まれ。九五年に「幻の声」でオール讀物新人賞を受賞しデビュー。二〇〇〇年に『深川恋物語』で吉川英治文学新人賞、〇一年に『余寒の雪』で中山義秀文学賞を受賞。著書に『雷桜』『斬られ権佐』『憂き世店』『為吉　北町奉行所ものがたり』『うめ婆行状記』、「髪結い伊三次捕物余話」「泣きの銀次」シリーズなど多数。一五年逝去。

一

鰯《いわし》の旬は、江戸では二度あると言われている。銚子《ちょうし》辺りで「入梅鰯《にゅうばい》」と呼ばれる夏と、脂が乗ってくる冬である。しかし、節分には欠かせないと唱える者もいて、要するに四季を通じて庶民の食膳に上る魚だ。値段が安価であることも人々に重宝がられる理由である。

本所五間堀《ほんじょごけんぼり》の居酒見世《いざかみせ》「鳳来堂《ほうらいどう》」に鰯が持ち込まれたのは秋の気配を感じるようになって間もなくの頃だった。何んでも銚子沖で鰯が大漁となり、浜は祭りのような騒ぎだという。日本橋の新場《しんば》の魚市場にもさっそく運ばれ、それを鳳来堂に出入りしている棒《ぼ》手振《てふ》りの魚屋が仕入れたのだ。

新場は同じ日本橋にある魚河岸とともに江戸では有名な魚市場である。魚河岸が料理茶屋や武家屋敷相手の高級魚を扱うのに対し、新場には庶民向けの魚が並ぶ。特に新場の夕市は賑やかで、魚屋はすばやく仕入れて、晩めしの用意をする女房どもに売り捌《さば》くのだ。まさに時間との勝負の商いだった。「魚金《うおきん》」という棒手振りの魚屋も鰯の値段の安さに、つい欲が出て大量に仕入れてしまったらしい。

しかし、鰯の魚体は三寸（約九センチ）ほどと小《こ》ぶりで、脂もさほど乗っていない。案の定、女房どもは頭を取ったら食べるところがないと文句を言って、手を出す者が少なかったらしい。

日が暮れても魚金は大量の鰯が売れ残ってしまった。相場よりかなり安く仕入れても、それでは何もならない。鰯は足が早い魚である。翌朝にはすべて腐ってしまうだろう。困り果てていたところに鳳来堂の軒行灯《のきあんどん》が眼につき、魚金は切羽詰まって主《あるじ》の長五郎《ちょうごろう》に泣きついたのである。

長五郎も最初はよほど断ろうかと思った。魚樽《うおだる》ひとつの鰯を買っても処理が手間だ。客に出す料理はすでに用意していた。しかし、魚金はこのまま持ち帰っても腐らせるだけだから、どうぞ引き取ってくれと、その場を動かなかった。長五郎は長年のつき合いもあることだし、ここで恩を売っておけば後で得になることもあるだろうと思い、渋々、引き取ることにした。魚金は魚樽ごと置いて行った。

魚金が帰っても、長五郎は店座敷の縁《へり》に腰掛け、煙管《きせる》を吹かしながら、しばらく魚樽の鰯を見つめていた。背が紺青で腹が銀色の鰯はまだピンとして活《い》きがよい。これが二、三十匹程度なら、すぐさま下拵《したごしら》えをして煮付けとめざしにするのだが、あまりに大量だと、どこから手をつけてよいのかわからなかった。

小鰯の煮付けは長五郎の母親もよく拵えていたが、それにしても鍋ひとつもあればお釣りがくる。鰯の量はその十倍もあった。

しばし呆然としていたところに六間堀《ろっけんぼり》で料理茶屋「かまくら」を営む友吉《ともきち》が風呂敷包みを提《さ》げて現れた。友吉は長五郎の友人であるとともに鳳来堂の客でもあった。

「長、顔見知りの百姓が茄子《なす》を届けてくれたからお裾《すそ》分けに来たぜ」

友吉は満面の笑みでそう言ったが、土間にどんと置かれた魚樽に眼をみはった。

「どうしたこの鰯。煮干しでも拵えるつもりか？」

友吉は長五郎の横に腰を下ろして訊《き》く。

「魚屋が無理やり置いて行ったんですよ。おいらもどうしたらいいか途方に暮れていたところです」

「相変わらず人がいいなあ。断りゃいいのによ」

「それはそうなんですが……」

「少し引き取ろうか。うちの見世の板前に相談して蒲鉾《かまぼこ》にでもすりゃ客に出せる」

「え？　蒲鉾ですか。それはどんなふうに拵えるんですか」

長五郎は気を引かれ、早口で訊いた。

「手前《てめ》ェも喰いもの商売しているくせに知らねェってか？」

友吉は呆れた表情になった。

「蒲鉾の類《たぐい》は手前ェで拵えるより買ったほうが早いですからね。拵えようと思ったこともありませんよ。とり敢えず、生姜《しょうが》と鷹《たか》の爪《つめ》を入れて煮付けにしようかと思っておりました」

「蒲鉾は鰯のすり身から始まったのよ。串に刺して焼いたんだ。それが蒲《がま》の穂に似ていたところから蒲鉾の名がついたらしい」

「友さん、物知りですねえ」

長五郎は感心した声になる。

「なに、死んだ親父の受け売りよ。親父は見世が終わった後、板場でよく蒲鉾を拵えていた。味見したおれがうまいと応えると満足そうに笑っていたよ。その時に蒲鉾の名の由来も教えて貰ったのさ。あの蒲鉾は本当にうまかったなあ」

友吉はしんみりした表情になった。長五郎と友吉の父親はすでに亡くなっている。長五郎は愛嬌のある笑顔を見せた友吉の父親の顔をぼんやりと思い出した。それとともに、横でにこにこと相槌《あいづち》を打つ自分の父親の顔も。

あれから茫々《ぼうぼう》と時が過ぎた。盂蘭盆《うらぼん》や春秋の彼岸《ひがん》以外、滅多に思い出すこともなかったが、何かの折にふと、その顔や声が甦《よみがえ》る。まさか鰯で父親を思い出すとは意外である。

「で、鰯は頭を取って、身は三枚に下ろすんだが、こいつはちいせェから包丁よりも指で中骨を外してから細かく刻み、すり鉢で擂《す》るのよ。ああ、小骨は気にしなくていいぜ。それから裏ごしに掛け、まな板に載《の》せて包丁で練《ね》るんだ」

友吉は思いを振り払うように蒲鉾の説明を始めた。友吉は十代の頃、板場で料理人達と一緒に料理を拵えていたことがあるので、それなりに知識があった。

「練る？」

「おうよ。この練りが結構難しい。粘りと腰を出すためだが、この加減が問題よ。練りが足りなくても駄目、練り過ぎりゃ、歯ごたえがなくなる」

話を聞いただけで長五郎の気分は萎《な》えた。自分には無理だと思う。だが、友吉は心配するな、と笑った。母親譲りの細面《ほそおもて》だが、最近は父親とよく似てきたと思う。特に友吉が笑うとそれを感じた。

「練りができたらな、塩と酒をほんの少し入れ、つなぎに卵の白身を加えて混ぜるんだ。それから卯《う》の花《はな》（おから）と合わせる」

「卯の花？」

「うちの板前はきらずと言うがな。鰯と卯の花の割合は、だいたい七対三だ。卯の花と合わせ、さらに練ったものを杉板にこんもり盛って蒸《む》すのよ。最初は強火にして、色が変わったら中火にする。竹串で刺して中身がつかなくなったらでき上がりだ。冷《さ》ましてからよく切れる包丁を使うのがコツだ。切れねェ包丁だと、切り口がぼそぼそになる。

だが、口に入れると、ざらりとしていながらとろけるような舌触りになるのよ。鰯とは思えねェ味だぜ」

友吉は涎《よだれ》を流しそうな表情で言った。卯の花を入れるので、練りに多少の不足があってもでき上がりに影響はないそうだ。

「おいらにできるでしょうか」

長五郎はおそるおそる訊く。

「まずはやってみな。新しい献立を考えるいい機会だ。手間を省かず丁寧に拵えりゃ、それなりのもんはできる。どれ、おれも見世があるからこれで引けるが、容《い》れ物をよこしな。鰯を貰って行くぜ」

長五郎は慌てて板場から平たい桶を持って来て、そこに鰯を移した。桶一杯の鰯は友吉が一人で持って帰るには重過ぎた。

「かまくらまで運ぶのを手伝いますよ。どうせ豆腐屋に寄って卯の花を買わなきゃならないし」

「いいですよ」

長五郎はそう言った。いいのかい、と友吉は気の毒そうに訊く。

「そいじゃ、鰯の値は幾らよ」

友吉は懐《ふところ》の紙入れを探る。

「お代も結構ですよ。友さんが茄子を持って来てくれたんで、それでおあいこってことに」

「だけど、銭は出したんだろ？」

「ええ、三十二文ですけど」

「たはッ」

あまりの安さに友吉はまた驚いた声を上げた。それから二人で桶の両端を持ちながら六間堀のかまくらまで運び、帰りに長五郎は店仕舞い寸前の豆腐屋に飛び込んで卯の花を買った。杉板は蒲鉾の仕込みが終わった頃に近所の大工の家に行って分けて貰おうと算段した。

それから長五郎は脇目も振らず鰯の下拵えをして、先に鰯の煮付けを作り、その後で蒲鉾の仕込みに掛かった。

その夜、鳳来堂の客足が鈍いのも幸いして、五つ（午後八時頃）過ぎに左官職の梅次《うめじ》が現れた時には六本の立派な板蒲鉾ができ上がっていた。その内の一本は杉板を用意してくれた大工にやろうと心積もりしていた。

大工の嘉助《かすけ》は三十四、五の男で三間町《さんげんちょう》の裏店に住んでいた。長五郎が声を掛けると、外に置いていた杉に鉋《かんな》を掛け、のこぎりで手頃な大きさに切ってくれた。さらに切り口をやすりで磨いて滑《なめ》らかにしてくれた。たかが蒲鉾板でも大層な手間を掛けてしまった。

代金を払おうとしたが、そこは太っ腹な大工職人で受け取ろうとしない。それで、でき上がった蒲鉾を届けることにしたのだ。

常連客がぽつぽつと現れた頃、長五郎は蒲鉾作りで疲労困憊《こんぱい》し、口も利《き》きたくないほどだった。だから友吉が持って来てくれた茄子には手が出せず、そのまま板場の隅の籠に入れっ放しにしていた。

二

苦労の甲斐《かい》があって板蒲鉾の評判は上々だった。左官職の梅次はわさび醤油で食べ、生まれて初めてこんなうまい蒲鉾に出会ったと言って長五郎を喜ばせた。かまくらの友吉はでき上がりを心配して、自分の見世を閉めた後に、いそいそと鳳来堂を訪れ、どうだうまいだろうと何度も訊いて梅次にいやがられていた。

四つ（午後十時頃）を過ぎた頃、芸者のみさ吉の息子が一人で鳳来堂にやって来た。いつもは長松《ちょうまつ》という友達と一緒なので、長五郎は怪訝《けげん》な思いがした。それに、やって来る時刻も、いつもより遅い。何か心配事でもあるのだろうかとも思う。

「一人なのけェ？　長松はどうした」

店座敷にしょんぼり座った惣助《そうすけ》に長五郎は訊いた。

「あいつ、幇間《ほうかん》（太鼓持ち）の師匠の家に弟子入りした」

惣助は下を向いてぽつりと応えた。一人になって寂しいのだと長五郎は思った。

「そうか。弟子入りする前に寄ってくれたら、晩めしを奢《おご》ったのによ」

長五郎は残念そうに言う。

「話が決まると、すぐに迎えが来て、慌《あわただ》しく行ってしまいました。兄さんによろしくと言付けを頼まれました」

惣助は低い声で応えた。

「お前ェ、晩めしは喰ったのか？」

「ええ、少し」

「蒲鉾を拵えたぜ。喰うか？」

「兄さん、蒲鉾まで拵えるんですか。すごいですねえ」

「なに、たまたまよ」

「うめェぞ」

ほろりと酔った梅次が口を挟《はさ》む。その頃には友吉も帰り、見世には梅次と鳶職《とび》の宇助《うすけ》しか残っていなかった。惣助は相槌を打つように梅次へ笑顔を向けた。

小皿に五片の蒲鉾を載せて差し出すと、惣助はひょいと口に入れ「うまいですね」と言った。

「そうか……」

長五郎は相好《そうごう》を崩し、茶の入った湯呑も勧めた。

「実は兄さん、おいらも奉公に出ることになりました」

茶を啜《すす》って、惣助はぽつりと言った。

「奉公って、どこに」

「浅草の質屋です。見世のお客さんの紹介なんですよ。おっ母さんは前々から、おいらにお店《たな》奉公が合っていると考えていたんで、話が持ち上がるとすぐに決めてしまいました。長松の行く先が決まったんで、焦《あせ》っていたんでしょう」

「何んという質屋よ」

「東仲町《ひがしなかちょう》の菱屋《ひしや》という店です」

それを聞いて、長五郎は喉がぐっと詰まったような感じがした。「菱屋」は長五郎の伯父の店だった。もちろん、みさ吉はそれを承知している。菱屋だったから、みさ吉は迷うことなく惣助を奉公に出す気になったのだろう。

伯父の竹蔵《たけぞう》はとうに亡くなり、今は娘のお菊《きく》が婿《むこ》を迎えて商売を続けていた。

「菱屋なら心配いらねェよ。あそこはおいらも奉公していた店だ。というか、おいらの伯父さんの店なのよ」

「本当ですか」

惣助の表情に僅《わず》かに安堵《あんど》の色が見えた。

「ああ、本当だ。伯父さんは死んじまっていないが、若お内儀《かみ》のお菊ちゃんはおいらのいとこに当たるし、お内儀さんも義理の伯母さんになる。安心して奉公していいぜ」

「おいらにできるでしょうか」

「そいつはお前ェの精進次第だ」

「そうですよね。おいら、水商売は嫌いだから、堅気の商売に就《つ》きたいと思っていたんですよ。兄さんの伯父さんの店なら心配することないですよね。帰ったら、さっそくおっ母さんに知らせますよ。おっ母さんも安心するはずです」

「みさ吉姐さんは、とっくに承知してるよ」

長五郎はそっけなく言った。

「え？」

惣助は驚いた顔で長五郎を見た。

「どうして、兄さんはそんなことを言うんですか」

「前にも言ったはずだが、みさ吉姐さんとは餓鬼の頃からの顔見知りだ。おいらの家の事情もわかっている。もちろん、おいらが菱屋に奉公していたこともな」

「でも、兄さんはおっ母さんと喧嘩して仲直りしていないと言いましたよね。喧嘩相手が奉公していた店に、倅《せがれ》のおいらを奉公させますかねえ」

口から出まかせに言ったことを惣助はよく覚えている。惣助は、男の子にしては優しげな顔だ。伏し目がちになると睫毛《まつげ》が驚くほど長い。みさ吉によく似ていた。

「それはそれ、これはこれよ」

長五郎は苦しい言い訳をした。

「そいじゃ、おっ母さんは兄さんと喧嘩したことを、もう何んとも思っていないってことかな」

惣助は小首を傾《かし》げて思案顔した。

「それはどうかな。おいらはみさ吉姐さんの胸の内なんざ、わからねェよ。わかっていることは、お前ェの行く末を心底心配してるってことだ」

「そうですかねえ。おっ母さんはおいらを厄介払いするつもりじゃないですか。でかくなったおいらが和泉屋《いずみや》でうろちょろするのも目障りだし」

和泉屋は六間堀にある芸妓屋《げいぎや》で、みさ吉と惣助はそこに住んでいた。

「そんなことはねェ。今まで、みさ吉姐さんはお前ェのことを可愛がってくれたんだろ?」

そう訊くと、惣助は曖昧《あいまい》に笑った。

「おっ母さんはその日によって心持ちがころころ変わる女なんですよ。お前がいなけりゃ生きて行けないって化粧臭い身体で縋《すが》りついて来るかと思えば、一人になりたいからあっちに行けと邪険にしたり……」

「女手ひとつでお前ェを育てて来たんだ。色々悩みもあっただろうよ」

長五郎は惣助から眼を逸《そ》らして言う。本当にみさ吉が辛い時に自分は傍にいてやれなかった。その後悔が強く長五郎を苛《さいな》んでいた。

「でも、兄さんの親戚の店に奉公できるとわかったんで、おいらも少し安心しました」

惣助は明るい顔になって言った。

「そうけェ、それならよかった」

長五郎も笑顔で応えた。惣助は帰るそぶりを見せ、懐を探った。

「お代はいらねェよ。気を遣うな」

「すんません」

惣助はぺこりと頭を下げた。蒲鉾を一本持たせようかと思ったが、長五郎はやめた。お座敷帰りのみさ吉に惣助が蒲鉾を差し出す図は、どう考えてもいただけないと思ったからだ。

「それじゃ。奉公に出る時は改めて挨拶にきますよ」

惣助は油障子の前で振り返って言った。

「おう、待ってるぜ」

長五郎も気軽に応えた。明日は、浅草の菱屋に顔を出し、いとこのお菊に惣助のことをくれぐれもよろしくと頼むつもりだった。

梅次は酔いが回り、腕組みをした格好で眠っている。宇助もとろんとした眼をしていたが、惣助が帰ると、自分も家のことを思い出したのか「大将、帰《け》ェるよ。幾らだ」と訊いた。

「えと、酒と肴《さかな》で六十四文です」

「六十四文、六十四文と……ありゃありゃ、鐚銭《びたせん》が二枚しか入っていねェ。そうだ、夕方、餓鬼を連れて湯屋に行き、湯銭を出したんだった」

呂律《ろれつ》の回らない口調で言う。

「お代はこの次でいいですよ。忘れなければね」

「忘れるもんけェ」

宇助がそう応えた時、眠っていると思っていた梅次がのっそりと立ち上がった。

「お前ェは何んでも忘れる野郎だ。今にめしを喰ったことを忘れ、嬶《かか》ァや餓鬼の顔を忘れ、仕舞いにゃ、ほ、手前ェのことも忘れるのよ」

梅次は小意地悪く言う。

「おきゃあがれ」

宇助は言葉を返したが、勢いがなかった。

「大将、おれも六十四文かい」

「そいじゃ、宇助の分も一緒に取ってくれ」

「さいです」

梅次は鷹揚《おうよう》に言った。

「いいんですかい」

「いいってことよ。たまにはおれだって人に奢ることもあらァな」

「梅次さん、すんません」

宇助は殊勝に頭を下げた。

「梅次さんだとよ。こういう時だけさん付けしやがる。調子のいい野郎だ」

梅次は苦笑いして勘定を済ませると、宇助と肩を組んで見世を出て行った。

「毎度ありがとうございやす。お気をつけて」

長五郎はそう言って二人を見送った。

無人となった見世は、しんとした静寂に包まれる。梅次と宇助の使った皿小鉢を片づけながら、長五郎は惣助のことを考えた。

これから惣助は菱屋のお仕着《しき》せに前垂れを締めて、朝から晩まで雑用に追われるのだ。それを思うと不憫な気もする。長五郎の両親もこんな気持ちで自分を奉公に出したのかと思うと、じんわりと涙が浮かんだ。

おいらができることは、と長五郎は胸で呟く。惣助を遠くから見守るだけだ。奉公先が菱屋でよかった。時々立ち寄って惣助の様子を見ることもできるからだ。

これから惣助の新しい人生が始まる。それは自分に置き換えても、ついこの間のような気がした。人生は、これで案外、短いのかも知れないと長五郎は、ふと思うのだった。

三

この前、菱屋を訪れたのはいつだったろうか。長五郎は御厩河岸《おんまやがし》の渡し舟で大川を渡りながら考えた。あれは伯父の竹蔵の葬儀だったか、お菊の祝言の時だったか、よく覚えていない。長五郎の父親が死に、三つ下のお菊が婿を迎えて祝言を挙げ、それから竹蔵が心ノ臓《しんのぞう》の発作を起こして呆気なく死んでいる。

葬儀と祝言が短い間に続き、ばたばたしている内に月日が経《た》ったような観がある。いずれにしても長五郎が菱屋に無沙汰を続けていたことは確かだった。翌日の午前中、長五郎は菱屋に向かうため鳳来堂を出たのだ。

浅草広小路は相変わらず人の往来があり、賑やかな界隈だった。東仲町の菱屋は表通りから小路を入った所にある。ひっそりと藍の暖簾《あいののれん》が下がっている様は昔とそれほど変わりがなかった。

家族と奉公人が出入りする勝手口から訪《おとな》いを入れると、年増の女中が顔を出した。

「まあ、鳳来堂さん」

懐かしそうに笑う。確かおみのという女中だ。長五郎が店を辞めた後に雇われたが、おみのは長五郎の顔を覚えていたようだ。

「お菊ちゃんはおりやすかい」

「ええ、ええ。少しお待ち下さいまし」

おみのは慌てて奥へ向かった。ほどなく、縞《しま》の着物に黒い帯を締めたお菊が現れた。すっかり菱屋の若お内儀という感じである。

「まあ、長五郎さん。よくいらっしゃいました。ささ、上がって」

お菊は如才なく中へ促《うなが》す。長五郎はぺこりと頭を下げて下駄を脱いだ。内所にはお菊の母親のおむらが長火鉢の傍に座っていた。

「伯母さん、ご無沙汰しております」

長五郎は畏《かしこ》まって挨拶した。

「長五郎ちゃんかえ？　まあ、立派な大人になって」

おむらは嬉しそうに笑う。

「あら、おっ母さん。長五郎さんのことは覚えていたのね」

お菊が感心したように口を挟んだ。

「ばかにおしでないよ。長五郎ちゃんはうちの人の弟の息子で、菱屋に長いこと奉公していたから、忘れるはずがないよ」

「あい、お利口さん」

お菊は茶化すように言う。長五郎はお菊のもの言いに苦笑した。

「この頃のおっ母さん、年のせいでもの忘れが多いのよ。長五郎さんのことを覚えていたところは、まだまだ大事ないってことね」

お菊は困り顔を拵えて続ける。その表情は昔と変わっていなかった。かつては、このお菊と所帯を持ち、長五郎が菱屋を継ぐ話もあった。色々な事情があり、そうはならなかったが、これでよかったのだと長五郎は思っている。菱屋を継げば、鳳来堂はとっくになくなっていたはずだ。両親のためにも、自分のためにも鳳来堂は残しておきたかった。

お菊は伯父の同業者の次男を婿養子に迎えた。

亭主の亀蔵《かめぞう》は真面目でおとなしい男である。お菊との夫婦仲もよく、七歳を頭《かしら》に三人の子供がいる。二階の部屋から子供達の賑やかな声も聞こえていた。

「ちょっとうるさいけど我慢してね」

お菊は二階を見上げて言う。

「別においらは気になりませんよ」

長五郎は笑って応えた。だが、おむらは子供達が気になるようで「どれ、お守りをしてこよう。長五郎ちゃん、ゆっくりしていって」と、腰を上げた。

おむらが二階へ上がると、子供達は少し静かになった。代わりにおむらが絵本を読む声が聞こえて来た。

「伯母さんは倖せそうだね」

長五郎はしみじみと言った。

「お蔭様で。お父っつぁんが亡くなった時、おっ母さんもずい分、力を落としていたけど、その後であたしに子供が生まれて、あれこれ世話を焼いている内に元気になったのよ」

お菊は茶を淹《い》れながら言う。

「旦那さんは店ですか。ちょっと挨拶してきますよ」

長五郎は亀蔵を気にしてそう言った。

「うちの人、ちょっと外に出ているの。うちの人に用事があったの？」

「ええ、まあ……そのう、菱屋で小僧を雇うことになったそうですね」

「あら、よくご存じね」

お菊は長五郎の前に湯呑を差し出した。長五郎はぺこりと頭を下げた。

「その小僧は知り合いの倅なんですよ。だからおいらも知らん顔できなくて、お菊ちゃんと旦那さんによろしくお願いしようと思いましてね」

「まあ、律儀なこと。惣助ちゃんは芸者さんの息子だけど、おとなしくて真面目な子なのよ。ちょうど、今まで小僧をしていた利助《りすけ》が手代になったから、よい機会だったの。長五郎さんの知り合いなら、なおさらよかった」

「何か不始末があったら、遠慮なくおいらに言って下さい。あいつには、てて親がいねェので、おいらのことを頼りにしているんですよ」

そう言うと、お菊は怪訝な顔になった。

「知り合いって、惣助ちゃんの母親のこと?」

「ええ、まあ……」

「昔、長五郎さんが、まだうちの店にいた頃、若い芸者さんがやって来たことがあったと思うけど、もしかして、惣助ちゃんの母親はその人?」

長五郎は言葉に窮した。お菊が覚えていたことが意外だった。

「その人、長五郎さんのことが好きだったんじゃない?　違っていたらごめんなさい」

お菊は照れたような顔で続ける。

「昔のことですよ」

長五郎は取り繕《つくろ》うように応えた。

「惣助ちゃん……初めて見た時に、誰かに似ているような気がしてならなかったの」

「だから、みさ吉に似ていたからでしょう」

「みさ吉って名前だったのね。でも、そうじゃなくて、惣助ちゃんがあたしの知っている誰かに似ていると思ったの」

自分のことだろうかと、長五郎は焦った。

「今気づいたのだけど、鳳来堂の叔父さんと感じが似ていたと思うの」

「親父に？　おいらはそんなこと、ちっとも思ったことがありませんよ」

長五郎は苦笑した。

「背丈は惣助ちゃんのほうがずっと高いけど、何んて言うのかしら、目つきとか、何気ない仕種が、鳳来堂の叔父さんと似ていたのよ。ああ、これですっきりした」

お菊はそう言って笑った。

「相変わらずお菊ちゃんは妙なことばかり言う人だ」

「そうかしら。妙なことかしら。長五郎さん、惣助ちゃんって、もしかして……」

お菊は真顔になって言う。

「よしてくれ、悪い冗談だ」

長五郎は慌てて顔の前で掌を左右に振った。

「あたし、まだ、何も言ってないじゃない」

かまを掛けたのかと思った。お菊には時々、そんなところがあった。

「あたしに何か言っておきたいことがあるのなら遠慮なく言って」

お菊は上目遣いで長五郎を見ている。

「別においらは……」

うまい言葉が出て来ない。これではお菊の思う壺だ。長五郎は、惣助を息子だと打ち明けに来た訳ではない。

「まあ、いいわ。隠し事があれば、その内に知れるでしょうからね。惣助ちゃんのことはあたしに任せて」

お菊はようやく問い詰めるのをやめた。お願いします、と長五郎は頭を下げた。帰りしなに蒲鉾を差し出すと、お菊は喜んでくれた。さっそく今夜のお菜にすると言った。

「そうそう、おっ母さんがめざしを拵えたの。鰯が大漁で魚屋さんが安く売っていたそうなの。うちでは食べきれないから、長五郎さんのお見世ででも使って。とてもおいしいのよ」

お菊は蒲鉾のお返しのつもりでそう言ったのだろう。また鰯かと、長五郎は内心でうんざりしたが、せっかくの好意にいらないとは言えなかった。串刺しにしためざしは三十匹もあった。渋紙に包まれたそれを携《たずさ》え、長五郎は菱屋を出た。とり敢えず、お菊に口利きしたことで、少しほっとしていたが。

鳳来堂に戻ると、長五郎はお菊から貰っためざしの串の両端に紐《ひも》をつけ、それを見世の軒先に吊るした。見世の前に出していた魚樽がなくなっていたので、自分のいない間に魚金がやって来て、持って行ったようだ。

浅草に行ったために刻《とき》を喰い、長五郎は慌ててその夜の仕込みに掛かった。

四

前日の鰯の煮付けが、まだ大量に鍋に残っていた。長五郎はそれにもう一度火を入れた。友吉が持って来てくれた茄子は焼き茄子にした。それに鰹節の掻いたのと、おろし生姜を添えれば立派な一品となる。

常連客は日暮れ過ぎに三々五々、集まって来たが、めざしを注文する客はいなかった。めざしは朝めしや晩めしのお菜にすることが多いので、わざわざ居酒見世に来てまで食べることはないと思ったのだろうか。

四つを過ぎて、見世の客のおおかたが引けると、油障子が控えめに開いた。

「大将、いいかしら」

細い声を出したのは夜鷹のおしのだった。

「いいですよ。誰もおりやせんから」

「野良猫がめざしを狙っているよ。ぴょんぴょん跳《は》ねてる」

おしのは可笑《おか》しそうに言う。

「本当ですか」

慌てて外に出ると、よもぎ猫が小ずるい表情をして傍にいた。

「あっち行け、しッ！」

長五郎は邪険に野良猫を追い払った。

「野良猫だって生きるのに必死なんだねえ。飼ってやりたいけど、手前ェが喰うのにやっとだから、それはできない相談だ。猫ちゃん、悪く思わないでおくれね」

おしのは少し離れた場所で様子を窺《うかが》っている野良猫にそう言った。

「姐さんは猫が好きなんですか」

中へ促しながら長五郎は訊いた。

「ええ。子供の頃からずっと飼っていたのよ。あたしの猫はいつもおとなしくて可愛かった。惚れた男が猫嫌いだったから、泣く泣く飼うのを諦めたけどね」

「さいですか」

「大将も猫が好きじゃないみたいね」

飯台のいつもの席に腰を下ろしても、おしのは頭に被せた手拭いは取らない。顔にできた瘡《かさ》を見られるのがいやだからだ。夏の頃より体調がよく見えるのは、過ごしやすい季節になったせいだろうか。

「おいらはどちらかと言うと、犬のほうが好きですよ。もっとも、うちじゃ犬猫は飼ったことはありませんが」

「大将は犬猫より、人間様の子供を育てたほうが合ってると思う」

おしのは妙なことを言う。長五郎は苦笑して「そうかも知れませんね」と応えた。

「めざしを二匹焼いて。それでごはんを食べようかな」

「へい」

今夜はおしのに客がついたらしい。長五郎はそんなことを考えながら、軒先からめざしを二匹外して板場に戻った。野良猫は諦めた様子で、もう姿が見えなかった。網わたしでめざしを焼き始めると、おしのは「ところで大将の息子らしい子は、その後、どうなった」と訊いた。おしのは長五郎の打ち明け話を覚えていたようだ。おしのにだけは惣助のことを話していた。

「時々、この見世にめしを喰いに来るようになりました」

「親だと名乗ったのかえ」

「いえ、母親がはっきりしたことは言わなかったもんで」

長五郎はめざしを見ながら応えた。もうもうとした煙が眼に滲《し》みる。

「そう……でも、気になっているんだろ？」

「そりゃ、まあ。でも、倅は浅草の質屋に奉公に上がることになったんで、うちの見世に来ることもなくなるでしょう」

「大将が子供の頃に奉公していたのも浅草の質屋だって聞いたことがあるけど」

「偶然ですが、その店なんですよ」

「あら」

おしのは驚いた表情をした。それから、偶然だろうか、と怪訝そうに言った。

「おいらも倅の母親がどういうつもりでそこへ奉公させるのか、よくわからねェんですよ」

「そりゃ、大将が奉公していた店だから、よそより安心できるからよ。それに……」

「何んですか」

「ううん、何んでもない」

「言い掛けてやめるのはよくありませんよ。気になるし」

「そうね。これはあたしの考えだけど、母親の気持ちが少しは柔らかくなっているということかしらね」

「どういう意味ですか」

「大将がもう一度やり直そうと言ったら、案外、向こうも素直に応えるような気がするのよ」

「……」

「大将はまだ若い。そうなっても遅過ぎるってことはないと思う」

「へい、めざし、お待ち」

長五郎はおしのの言葉に応えず、めざしを載せた皿を差し出した。横に大根おろしも添えた。

「こうやって食べると、めざしもご馳走ね」

おしのは嬉しそうに箸を取った。

「姐さんも、これから養生すれば長生きできますよ」

長五郎は丼めしを運びながら言った。

「あたしはもう駄目よ」

おしのは自嘲的に言う。

「深川の芸者さんだったそうですね。当時は売れっ子の」

「昔の話よ。済んだことは言わないで」

「惚れた相手が悪かったんでしょうね」

おしのはめしを頬張りながら、うふふと照れたように笑った。

「笑うことじゃありませんよ」

「だって、可笑しいんだもの。あたしの周りの人は皆、あの男だけはよせと忠告したのよ。仕事はしたくない、飲む打つ買うの三拍子。褒めるとこなんてひとつもなかった。

それでも縋りついて行ったのは、あたしが若くて何もわかっちゃいなかったからよ。人がどう言おうと、好きなんだからしょうがないってね。いつか見返してやるんだって意地もあったのよ。でも、人の言うことにも耳を傾けるんだったたって、今なら思えるのよ」

「その男はとっくに姐さんに見切りをつけたんでげしょう?」

「そう思う?」

おしのは顔を上げ、試すように訊いた。

「だって、姐さんがこんな商売をしていることを考えたら……」

「こんな商売で悪かったね」

「すみません。言葉が過ぎました」

「いいのよ。実際、こんな商売と言われても仕方がないから」

「……」

「今でも一緒にいるのよ」

おしのは丼めしをぱくつきながら、あっさりと言った。

「そいつァ……」

長五郎はその先の言葉が続かなかった。

「二人とも落ちるなら、とことん落ちてやれって気持ちなのよ。うちの人があたしに見切りをつけていたなら、あたしもここまでこんな商売を続けることはなかったでしょうよ」

　おしのは他人事のように言う。たちまちめしを食べ終え、茶を啜ると「御馳走様」と言って腰を上げた。いつものように十六文を出したおしのに「今日のお代は結構です」と長五郎は言った。

「どうして？」

「めざしは貰い物なんですよ。ですから銭はいただけません」

「でも、ごはんをいただいたから……じゃ、お言葉に甘えて八文だけ置いて行くね」

「いいんですかい」

「相変わらず商売っ気のない人だ。でも、大将のそんなところが好きさ」

おしのは、ふっと笑った。外に出て行こうとして、おしのは、つと振り返った。

「大将、早く息子の母親にやり直そうとお言いよ」

「………」

「あたしみたいになったら手遅れだよ。まあ、あたしも昔は芸者をしていたから言うのだけどね。お座敷にお呼びが掛かるのも今の内さ。三十を過ぎたら、客は洟《はな》も引っ掛けなくなる。いいね」

　黙ったままの長五郎にそう言って、おしのは去って行った。長五郎は後片づけもせず、店座敷に腰を掛けて、煙管を取り上げて一服点《つ》けた。薄青い煙を眼で追い掛けながら、みさ吉の顔を思い浮かべた。今から一緒になろうと言ったら、みさ吉は承知するだろうか。

長五郎はすぐに首を振った。承知する訳がない。あてにならない長五郎に見切りをつけ、みさ吉は「湊屋《みなとや》」の隠居の許へ行った。隠居が亡くなった後、みさ吉は何も彼《か》も背負い込んで一人で生きて来たのだから。

だが、みさ吉以外、長五郎は女を知らない。この商売を始めてから言い寄って来る女も何人かいたが、長五郎が心を魅《ひ》かれた相手はいなかった。みさ吉をずっと気に掛けていたという訳ではなく、言わばなりゆきだった。だが、女房がいたら、これほどみさ吉や惣助のことを気にしただろうか。いや、女房がいても気になることは同じだ。今よりもっと複雑な思いでみさ吉と惣助を見ていただろう。

自分の悩みを夜鷹のおしの以外、相談できる人間はいなかった。せめて母親でも生きていたなら、何かいい案を考えてくれただろう。

そう考えると、今さらながら母親の早過ぎる死が悔やまれた。

それから朝になるまで客は来なかった。鰯の煮付けはまだ鍋の中に相当残っている。お菊から貰ったためざしも。ため息が出る。世の中も食べ物も、ほどよい状態にはなかなかならないようだ。多過ぎたり、少な過ぎたり。

鰯は当分、見たくないと、長五郎はつくづく思った。

五

結局、鰯の煮付けは余り、捨てる羽目となった。めざしは近所の女房連中に分け与えた。

湯屋へ行った帰り、久しぶりに町内の髪結床で頭を整えた。さっぱりした気分で鳳来堂に戻ると、見世の前に普段着のみさ吉が風呂敷包みを提げて立っていた。

「どうしました」

長五郎は驚きと訝《いぶか》しさの入り混じった気持ちで訊いた。

「まだお休みなのかなあと思っていたんですよ」

みさ吉は小腰《こごし》を屈《かが》めて頭を下げると、少し安心したように笑った。

「いつもは寝ていることが多いですが、板場で魚を焼くんで、どうも身体が燻《いぶ》り臭くて、それで湯屋に行って来たところですよ」

「おぐしもきれい」

「ついでに髪結床に寄って纏《まと》めて貰いました」

「長五郎さんは身なりに気をつける人なので、独り者には見えませんよ」

みさ吉がそう言ったのは皮肉だろうか。誰か陰で長五郎の世話をする女がいるとでも思っているのだろうか。

「そうですかねえ、そいつはどうも。あ、散らかっていますが、ちょっと入りませんか。茶を淹れますよ。おいらもちょうど喉が渇いていたところだし」

みさ吉が惣助のことでやって来たのだろうと察しをつけていた。

「そうですか。それじゃ、お言葉に甘えて」

みさ吉は遠慮せず、油障子の錠を開けた長五郎の後ろから続いた。

火鉢の火に灰を被せていたが、取り除くと火の色が見えた。鉄瓶の湯はそれほど冷めていなかった。炭を足して、ふっと息を吹き掛けると、長五郎は板場から茶筒と急須、湯呑を持って来て、みさ吉の前に置いた。急須に茶の葉を入れ、鉄瓶の湯を注ぐ長五郎の手許をみさ吉は黙って見ている。

「どうぞ。ちょっと湯がぬるいですが」

長五郎は店座敷の縁に腰を掛けているみさ吉へ湯呑を差し出した。

「平気。あたし、猫舌だから、あまり熱いのは苦手なの」

「さいですか」

長五郎はみさ吉に笑顔を向けたが、みさ吉はすぐに視線を逸らした。

「菱屋さんの若お内儀さんに惣助のことを頼んでいただいてありがとう存じます」

みさ吉は低い声で礼を言った。

「いえ、なに。たまたま浅草に行った時に立ち寄って、ついでに惣助のことを話しただけです」

長五郎は取り繕うように応えた。

「若お内儀さん、惣助のことをあれこれ訊くので、あたし、きまりが悪かったのよ」

「お菊ちゃんは何を訊いたんで？」

「そのう、惣助のてて親のこととか」

「……」

「惣助が長五郎さんのお父っつぁんに似ているなんてことまでおっしゃるんですもの」

「そんなことをお菊ちゃんは喋ったんですか。あの人は昔から思ったことをすぐに口に出すんですよ。あまり気にしねェで下さい」

「他人様は妙なところまで気づくのだなあって、あたし、つくづく思ったのよ」

その拍子に長五郎の胸がどきりと音を立てた。みさ吉はそれを図星と言いたいのだろうか。

「惣助が菱屋に奉公したのは贔屓《ひいき》のお客様のお薦《すす》めなんですよ。そのお客様と菱屋の旦那が親しい間柄だったもので。でも、あたしはその話を聞いた時、何やらご縁《えん》を感じたのですよ」

みさ吉は長五郎の思惑に構わず続けた。

「何んのご縁なんで？」

「だから、惣助と菱屋さんの」

「おいらが奉公していた店だからってことじゃねェんですかい」

「それもあるかも知れませんね。惣助は長五郎さんのことを慕《した》っておりますから、長五郎さんの親戚のお店に奉公できることをとても喜んでいるの。あたしも惣助のそんな様子を見て、心底安心しているのよ。これから惣助が恙《つつが》なく奉公を続けられたら、これ以上の望みはないの。後は自分の身の振り方を考えるだけ」

「身の振り方って、どうするつもりなんで？」

「そうね、小商《こあきな》いのお店でもやれたらと思っているのよ。その気があるなら段取りをつけるとおっしゃってくれる人もいますので」

それは暗に囲われ者になるということを意味していた。芸者の世界で育ったみさ吉には、それに対して抵抗すら覚えないのだ。

「そうなったら、惣助は姐さんの旦那に遠慮して藪《やぶ》入りの時も会いに行かないんじゃねェですか」

長五郎は、おそるおそる言う。

「それならそうで仕方がないわね。でも、惣助はここへ立ち寄れるから、いいんじゃないかしら」

　みさ吉は他人事のように言った。長五郎はその手前勝手な理屈に、むっと腹が立った。

「姐さんは肝腎なことをひとつも言わない。おいらが惣助を気にするのは、もしかしてあいつが手前ェの倅じゃなかろうかと思っているからですよ。しかし、姐さんはそうじゃねェときっぱり言った。そのくせ、菱屋の奉公の話が持ち上がると、さして考えもせず決めちまった。どういうことなんで？　普通は別の店にするんじゃねェですかい。思わせぶりなことばかりするあんたに、おいらも惣助もいい加減、うんざりしますよ」

　みさ吉は、その拍子にきッと眉を上げ「惣助が長五郎さんにそう言ったんですか」と、声を荒らげた。

「直接言わなくてもわかりますよ」

「惣助が長五郎さんの息子だったら、どうするつもり？」

「もちろん、親として面倒を見ます」

「じゃあ、そういうことにしましょうか。惣助のこと、これからもよろしくね」

　みさ吉は早口で言うと、腰を上げた。

「あんたは十年経《た》っても何も変わっちゃいねェ。ちゃんと筋道立てて考えたら、道は拓《ひら》けたはずなんだ。何も彼も手前ェ一人で決めて、結局、金も力もねェおいらに見切りをつけたんじゃねェか。え？　そうじゃないのか」

長五郎はみさ吉を強い眼で見据えながら言った。

「あの時、あたし達にどんな道が拓けたって言うの？　ばかも休み休み言ってよ。そうよ、長五郎さんにはあたしの力になれるようなことはひとつもなかった。あたしは湊屋のご隠居に縋るしかなかったのよ。あの頃のあたしの気持ちは誰にもわからない。何よ、惣助の顔を見た途端、親面して。親ってのはね、抱いたり、あやしたりするばかりじゃないのよ。熱を出せば夜っぴて看病しなけりゃならないし、六つや七つになれば手習《てならい》所《どころ》へ通わせることも考えなきゃならない。皆、只じゃないのよ。お金がいることなのよ。親の見世を譲られて、のうのうと商売をしている長五郎さんにあたしの苦労なんて……」

そこまで言って、みさ吉は咽《むせ》んだ。長五郎は手を取ろうとしたが、みさ吉はそれを邪険に振り払った。

「あたしに構わないで！」

「わかった、わかったから。だけど、お願いだ。惣助のことは、はっきりさせてくれ」

みさ吉は唇を噛み締めて、しばらく黙った。

「おひで」

長五郎はみさ吉の本名を口にした。その名前がすんなり出たことが不思議だった。みさ吉は、はっとして長五郎を見つめた。

「ええ。お祭しの通り、あんたの子よ。だけど、惣助に、てて親だと名乗りを上げるのはやめて。惣助はあたしだけの子よ。長五郎さんには何んの関わりもないこと。今までも、これからもね。お邪魔様。惣助は明日、菱屋さんに向かいます。色々、お世話になりました」

　最後のほうだけ、みさ吉は殊勝に礼を言った。そのまま、出て行こうとしたが、ふと気づいたように風呂敷包みを差し出した。中は重箱らしい。

「お赤飯と、それから鰯を三杯酢に漬けたものなの。あたし、お料理は何もできないけれど、鰯の三杯酢はおっ母さんがよく拵えていたので見よう見まねで覚えたの。和泉屋でも評判がいいのよ。お赤飯と鰯じゃ、いい取り合わせにならないけど、あたしの気持ちだから」

　そう言って、ようやく笑った。

「いただきます」

　長五郎は低い声で応えた。だが、身体の力がいっきに失われていた。せっかく惣助が自分の息子だとわかったのに、肝腎のみさ吉は長五郎を拒絶していた。その先の希望も失われた。意気消沈する気持ちはどうすることもできなかった。

　かつかつとみさ吉の下駄の音が遠ざかる。

　その音は長五郎にとって絶望的なものに思えた。つかの間、死んだら楽だろうなという思いがよぎった。両親の待つ彼岸はその時の長五郎にとって夢の場所に思えた。自分は幾つになっても意気地なしだった。みさ吉はそんな長五郎に再び見切りをつけたのだ。もう、みさ吉とやり直し、惣助と親子三人の暮らしをしようなどと思うまい。長五郎は自分に言い聞かせた。

重箱の中身を即座にごみ樽へ捨てるつもりで長五郎は風呂敷を解き、重箱の蓋を開けた。

一段目には小豆を入れた赤飯が入っていた。その下には、半身にした鰯がきれいに並んでいる。中骨を外し、丁寧に水洗いした鰯の水気を取り、さっと塩をまぶす。塩がなじんだら、余分な塩を振り落とすために酢洗いする。それから酢、砂糖、醬油を合わせたものに漬ける。酢の効果で鰯の背は目の覚めるような美しい色になる。わさびや生姜醬油で食べると乙だ。臭い鰯も七度洗えば鯛の味、という諺《ことわざ》を実感できるというものだ。酢を使っているので刺身より日持ちがする。

捨てることはできなかった。笹の葉の上に並べた鰯があまりにきれいだったからだ。試しにそのひとつを口に入れると、思わず唸るほどのうまさだった。

さほど料理ができないと言いながら、みさ吉の手際は鮮やかだった。それを息子の門出に拵えた母心も理解できる。鰯の三杯酢は見世の客へ振る舞おうと思い直し、長五郎は、いそいそと重箱を板場へ運んだ。

六

その夜、惣助が現れるのを待っていたが、とうとうやって来なかった。仕度に手間取っていたのだろう。

五間堀の近くにある宗対馬守《そうつしまのかみ》の中屋敷に勤める浦田角右衛門《うらたかくえもん》が顔を出したので、さっそく鰯の三杯酢を酒のあてに出した。角右衛門は相好を崩して喜んだ。梅次は鰯の面は見たくもないと言っていたが、箸をつけると気が変わったようで、お代わりを催促するほどだった。

本所のやっちゃ場（青物市場）の競《せ》りを終えた男達にも鰯の三杯酢を出すと、重箱の鰯はきれいになくなった。

明六つ（午前六時頃）の鐘が鳴り、そろそろ鳳来堂の暖簾を下ろそうかと外に出ると、目の前の五間堀に川霧が立ち込めていた。季節は順当に巡り、もはや、堀の水より外気のほうが冷たいようだ。霧はそんな時に発生する。しばらく、墨絵のような五間堀を眺めていると「兄さん」と呼び掛ける声が聞こえた。

声のしたほうを振り向くと、惣助が笑顔でこちらへやって来るところだった。

「おう」

長五郎は気軽な返答をした。自然に笑顔になった。愛しさも衝き上がる。こいつは自分の息子、正真正銘の血を分けた息子なのだという気持ちはどうしようもなかった。だが、長五郎は内心の思いをおくびにも出さず「いよいよ、今日は菱屋に行く日だな」と静かな声で言った。

「どうしてそれを?」

惣助はつかの間、怪訝な顔になった。

「ゆうべ、お前ェのおっ母さんが赤飯と鰯の三杯酢を届けてくれて、その時に言っていたのよ」

「赤飯と鰯っておかしいですよね。普通は赤飯にゃ、塩鯛なのに」

「いいじゃねェか。鰯の三杯酢はみさ吉姐さんの得意料理らしいから、倅の門出に自分が手を掛けたものを他人様に振る舞いたかったんだろう。いいおっ母さんだ」

長五郎はしみじみした口調で言う。

「でも、昨夜のおっ母さんは泣いてばかりで、おいらは慰めるのに大変でしたよ」

「一人息子を手放すんで寂しいんだろう」

「そうですかねえ。何んか様子もおかしかったですよ。畜生とか、唐変木《とうへんぼく》とか悪態《あくたい》もついていたし」

「……」

「本心はおいらを菱屋にやりたくないのかとも思いましたよ」

「考え過ぎだ。お前ェを菱屋に奉公に出せば、肩の荷が下りる。みさ吉姐さんは心底安心していたよ。いいか、奉公に上がっても手代になるまで給金はなしだ。盆暮に僅かな小遣いを与えられるだけよ。その代わり、食べる物、着る物には事欠かないし、手習いや算盤《そろばん》の稽古《けいこ》にも出してくれる。しっかりやんな」

「わかっています」

「それでな、藪入りの時に、みさ吉姐さんは忙しくてお前ェに構っていられねェこともある。そん時はおいらの所へきな。二人で両国にでも出て、めしを喰おう。ああ、ついでに泊まってもいいぜ」

「ありがとうございます」

惣助は長五郎が言った言葉を素直に受け取っているようだ。

「みさ吉姐さんはいつまでもお座敷づとめはできねェ。これから新たな道を歩むことになるかも知れねェが、手前ェの母親だからって、無闇に反対するんじゃねェぜ」

長五郎はおずおずと続けた。

「どういう意味ですか」

「別に大した意味はねェよ。大人になればわかる」

「おいら、もう子供じゃありません。はっきり言って下さい」

惣助は真顔になって長五郎を見た。

「そのう、たとえば、旦那の世話になるとか、色々あるじゃねェか」

そう言うと、惣助の眉間に不愉快そうな皺《しわ》が寄った。

「そんなことは考えたくないですよ。おっ母さんが旦那を持つなんてまっぴらだ。そうなったら、おいら、親子の縁を切ります」

「惣助……」

長五郎は惣助の激しい口調に驚いた。

「湊屋の爺《じじ》ィが死んだ時、向こうの親戚があることないことほざいていましたよ。おいら、ごたごたはたくさんです。どうせ、おっ母さんが旦那を持つとしても女房や子供がいる人でしょう。おっ母さんは湊屋のことで懲りているはずだと思っておりましたよ。またぞろ同じことをくり返すとしたら、そんなおっ母さんは、おいらはいらねェ！」

「わかった、わかった。お前ェの気持ちはみさ吉姐さんにようく伝えておくよ。あまり、カッカすんな」

長五郎は慌てて惣助を宥《なだ》めた。

「だけど、おいら、兄さんならおっ母さんと一緒になっても反対しませんよ」

「……」

「兄さんは独り者だし、面倒臭い親戚もいないし」

「そうは行かねェだろう。みさ吉姐さんは銭のねェおいらなんざ、相手にするものか」

言葉尻に怒気が含まれた。さり気なく言ったつもりだったのに。

「時々、兄さんが本当の親父じゃなかろうかと考えることもありますが、そうなると、兄さんは十八かそこいらで餓鬼を拵えたことになりますからね。菱屋の手代をしていたのなら、そんな隙もありゃしない。おいらの勝手な考えですよ」

惣助はそう言って薄く笑った。そんな隙はあったんだよ、年は十八でも、しがない質屋の手代をしていてもね。長五郎は胸で叫んでいたが、それを口に出すことはできなかった。

「まあ、がんばりな」

長五郎は惣助の痩せた肩を優しく叩いた。

瞬間、惣助はぶつかるように長五郎へ抱きついて来た。その勢いで長五郎は少しよろめいた。

「辛い時は本当にここへ来ていいんですか。お愛想ならいりません。邪魔ならはっきり言って下さい！」

惣助は絞り出すような声で言った。胸が潰《つぶ》れそうな気持ちがした。邪魔になんて思うか。だって、おいらはお前ェのてて親だから。

長五郎は固唾《かたず》を飲んで「約束する。決してお前ェを邪魔になんてしねェ」とようやく応えた。

身体を離した惣助は安心したように笑う。その眼が潤んでいた。

「これから菱屋に行ってきます」

「おう」

「がんばります」

「おう、よく言った」

惣助はつかの間、じっと長五郎を見つめると「そいじゃ」と手短に言って、踵《きびす》を返した。そのまま、一度も振り返らずに走り去った。その痩せた背中が見えなくなるまで長五郎はその場に立っていた。何んだか切なかった。いや、長五郎に抱きついて来た身体の重みの感触がいつまでも消えなかった。自分がいなくても惣助はここまで大きくなったのだ。その感慨に打たれてもいた。

堀の霧はいつの間にか晴れたようだ。その時「鰯、来いッ！」と魚金の触れ声が背中で聞こえた。鰯を売る時は威勢よく声を張り上げる。活きのよさを示すためでもあった。

「大将、お早うございやす」

魚金は愛想笑いを貼りつかせて挨拶した。

「何んだ、今日はやけに早いじゃねェか」

「鰯の大漁が続いているんですよ。どうです？　前の物より、でかいですぜ」

そう言って魚樽の蓋を取る。長五郎は何も応えず、暖簾を下ろすと、そのまま見世に入った。

「大将、後生だ。ちょいと助《す》けておくんなさいよ。よう、大将」

魚金は性懲りもなく声を掛ける。長五郎は吐息をひとつついて「またな」と、すげなく応え、油障子を閉めた。

御膳所《ごぜんどころ》御台所《おだいどころ》

梶よう子

梶よう子（かじ・ようこ）
東京都生まれ。二〇〇五年に「い草の花」で九州さが大衆文学賞、〇八年に「一朝の夢」で松本清張賞、一六年に『ヨイ豊』で歴史時代作家クラブ賞作品賞を受賞。著書に『立身いたしたく候』『ことり屋おけい探鳥双紙』『葵の月』『北斎まんだら』『菊花の仇討ち』、「みとや・お瑛仕入帖」「御薬園同心水上草介」「とむらい屋颯太」シリーズなど多数。

一

溝端宗十郎《みぞはたそうじゅうろう》は、大川《おおかわ》を行き来する船をぼんやり眺めながら、吾妻橋《あずまばし》の下で釣り糸を垂れていた。長月《ながつき》の末に、ひどい嵐に見舞われてから、急に冬に突入した。木々の葉も寒そうに揺れている。

川風はすっかり冷たい。

宗十郎は肩をすぼめ、片手で襟巻きを整える。釣り糸どころか、いつの間にか洟《はな》まで垂らしていた。

懐から懐紙を取り出し、洟を拭う。

二十一歳の宗十郎であったが、眉間には縦にくっきり皺ができ、赤黒いくまが目の下に浮いていた。艶のあるたっぷりした黒髪であるにもかかわらず、鬢《びん》には白髪《しらが》が数本混じっている。

目尻の上がった細い眼で宗十郎は魚籠《びく》の中を覗き込む。

鯉と真ハゼが一尾ずつ。

まあ、覗いたところで増えるわけもないと、宗十郎は苦笑した。昼九ツ（正午）の鐘が響き渡った。

朝から二刻（四時間）もここにいて、成果がこれだけでは、己自身に納得がいかないというより、釣られた二尾の魚が間抜けだったとしか思えない。

いいや違う、おれのせいではないと、宗十郎は首を振る。

今日は川の水がよくない。水が冷たすぎる。そのうえ数日前の嵐で濁っている。しかも町人どもが塵芥《ちりあくた》を撒《ま》くから川面《かわも》が汚れている。だが、なんといっても船のせいだ。数が多すぎる。いらぬ波を立てるから、魚が逃げて寄り付かないのだ。

「釣りをする者の身にもなればよいのだ」

不平をぶつぶつ洩らしながら、宗十郎は引きも切らず川面を滑っていく荷船を睨みつけた。

おれなら大川の主でさえも釣り上げられるはずだと、ひとりごちた。

大川に主がいるかどうかも知らぬ宗十郎ではあったが、それくらいの腕はあると思っている。宗十郎は眉間の皺をさらに深くしながら釣り糸を引き上げた。

今日はやめだ。

魚籠の魚を摑み、大川へ放つ。

あんな小物二尾では得心がいかない。

宗十郎は腰を上げかけたが、芯から冷えた身体がぎくしゃくした。ようやく立ち上がると昨年亡くなった父から譲り受けた竿《さお》を肩に担《かつ》いだ。

土手を登り、吾妻橋の東詰に出る。人が多い。荷車が通り、駕籠《かご》屋が人を掻き分けるように橋を渡って行く。

こんな時間に釣竿を肩に歩いている者など皆無だ。男も女も忙しく先を急いでいる。宗十郎が歩いていることなど誰も気に留めていない。眼にも入っていないようだ。

仕事でも遊びでも勝手にすればいい。

投げやりな言葉を心のうちで吐きながら、橋の中ほどまで来たときだ。

宗十郎は往来の目まぐるしさに息苦しくなってきた。動悸が速くなり、嫌な汗が出る。早く橋を渡ってしまおうと歩幅を広げた。

と、宗十郎の傍らを若い娘が走り抜けた。その瞬間、手に提げていた魚籠にわずかだが、娘の身体が触れた。

宗十郎がはっとしたときにはすでに魚籠が手から離れ、橋の上に転がった。

「無礼者っ」

宗十郎の大声に立ち止まった娘が振り返った。転がる魚籠を眼にとめると、すばやく拾い上げた。

宗十郎は唇を突き出していた。近頃、気に食わぬことがあると、なぜか唇が出てしまう。

「お許しくださいませ」

娘は両膝をつき、魚籠を捧げるように宗十郎へ差し出す。娘を宗十郎はただ見下ろしていた。

橋を行き過ぎる者たちが何事かと足を止め、宗十郎と娘を眺める。

「若い娘だ、許してやれよ」

どこからともなく声が飛んだ。

宗十郎はそうした者たちを窺いながら、

「おれの居場所はどこだ」

ぼそりと呟いた。

娘が顔を上げ、訝るような眼を向けた。

「そのような眼で見るな」

宗十郎の呻《うめ》くような声に、娘が慌てて俯く。宗十郎は腰を屈め、娘の顔を覗き込むようにすると、わずかに首を傾げた。

「娘、名はなんと申す」

「れんと申します」

娘ははっきりした声音で応える。

なあ、おれんと、宗十郎は語りかけるような声を出した。

「おれはな、好きで釣りをしているわけではない。すべてあやつのせいなのだ。おれを陥れようとしているあやつがいるからだ。おれの才を羨《うらや》み、おれを恐れているのだ」

娘の顔がにわかに強張《こわば》る。宗十郎の垂れ流す言葉を聞いているのかいないのか、どこか途方に暮れた表情で、空の魚籠を抱えていた。

皆々、おれに仕事をさせたくないのだ。とくに、森沢甚兵衛《もりさわじんべえ》め、おれを皆の前で怒鳴りつけた。おれに恥をかかせるのが目的だったのだ。あのような奴とは一瞬たりとも、同じ場所にいたくはない。すべては森沢のせいだ。あんなお役にしがみつく卑俗な男だ。あやつさえ居なければ。

宗十郎は眼を吊り上げながら、込み上げてくる雑言《ぞうごん》を次々と吐き続けた。

二

野依駿平《のえしゅんぺい》はため息を吐《つ》きながら、吾妻橋へと向かっていた。

養父孫右衛門《まごえもん》の代参で親戚の法事に出た帰り道だった。中間《ちゅうげん》の政吉《まさきち》は別の用事をいいつかっており、先に戻っていた。法事には参列したが、当然のことながらまったく知らぬ顔ばかりで閉口した。だいたいどういう親戚であるのかも忘れてしまった。たしか孫右衛門の再従兄弟《またいとこ》だったと思う。孫右衛門は、お役に繫がるような話をなんとか聞き出して来いといったが、無理だった。それどころか、婿養子の持参金はいかほどかと皮肉を投げられた。

駿平は商家の生まれだが、五男坊という立場ゆえに将来《さき》もたかが知れている。それならば武家の養子になるのも面白かろうと、野依家に入ったのだが――。野依家は無役無勤の小普請組《こぶしんぐみ》で百五十俵《びょう》の御家人、その上、養父母は若い駿平になにがなんでもお役に就いて欲しいという望みを抱いている。

どう言い訳しようかと、駿平は思案顔を上げた。

橋の上に人だかりがある。

顔をしかめ、慌てて橋を渡って来るのは商家の妻女と小僧だ。

諍《いさか》いでも起きているのかと、ちらちら視線を放ちつつ駿平が橋の中ほどまで来たときだ、

「おれはな、別の役に就くべきなのだ。しかしそれすら森沢に邪魔された」

暗い声が聞こえた。

ふと立ち止まった駿平は、振り向いた中年の棒手振り《ぼてふ》にいきなり袂《たもと》を摑まれた。

「ちょいと助けてやっちゃくれませんか。もうここで若い娘が半刻近くも、あのお武家

に愚痴《ぐち》を聞かされているんでやんすよぉ」

愚痴とはまたいかなることかと首を傾げた。

棒手振りは、かくかくしかじかでと、駿平に事の次第を告げた。

半刻近くというのを知っている棒手振りもずっと見物していたのだろうかと苦笑しつつ、娘も難儀なことだと気の毒になった。

智次郎《ともじろう》なら、いきさつを聞くまでもなく飛び出して行くだろうが、駿平は少々躊躇した。

まず相手の素性がわからない。竿を持っているところを見ると、釣りの帰りであろうことはわかる。衣装も、そこそこの物を身につけている。浪人ではなさそうだ。

「ほれ、早く前へ出てくだせえよ」

いきなり背を押された駿平は、武家と娘の間につんのめるようにして割り込んだ。

「誰だ、貴様」

怪訝《けげん》な顔をする武家に向かって、

「通りすがりの野依駿平と申します」

駿平は深々と頭を下げた。

三

矢萩《やはぎ》智次郎はあきらかに興味なげに、ふうんと生返事をして、茶を啜る。屋敷に戻ると智次郎が待ち構えていたのだ。

駿平の生家が矢萩家に出入りしていたことで、智次郎とは幼馴染《おさななじ》みであり、武家になりたての駿平を引き回してくれている。

「ちゃんと聞いてくださいよ。その溝端宗十郎って方はですね」

「聞いているよ。百俵取りの御家人だろう」

若い娘相手に橋の上で半刻も愚痴をこぼしていた割には、きちんと名乗り、「往来を騒がせた」と野次馬たちに謝罪もし、あっさり退いた。身構えていた駿平は肩透かしをくらった気分だったが、ややこしいことにならず、ホッと息を吐いたのだ。

「その方よりも娘のほうが、げっそりしていたものですから、心配で」

智次郎は、そこだけぴくんと反応した。

「なんだよ、愛らしい娘だったのか」

色白の丸顔で瞳が大きく、艶のある小さな唇はまるで赤椿《あかつばき》の花弁だった。

おれんという名で、歳は十六だといった。

「妙な勘ぐりをせんでください。だいぶ疲れていたからですよ。浅草の奥山《おくやま》の働き先まで送り届けただけです」

ほうほうほうと、智次郎がにじり寄って来ると、いきなり駿平の首に腕を巻き、締め付けてきた。

「おまえも隅には置けぬな」

「智さん、苦しい」

駿平が智次郎の腕を摑んで、引きはがそうとしたとき、するりと障子が開いた。

「まっ」

「あっ」

もよが湯気の上がる蒸《ふ》かしたての芋《いも》を運んで来た。たぶん、もよの眼には智次郎の腕をしかと握りしめ、互いに見つめ合っているふうに映っただろう。

もよは能面のように眉ひとつ動かさず、

「智次郎さまからいただいたお芋です。それにしても兄さま。おふたりはいつも仲がおよろしいのですね」

駿平を真っ直ぐに見て、芋を載せた盆を乱暴に置くと、勢いよく障子を閉めた。

肩を落とした駿平は智次郎を睨む。

「また、勘違いされたじゃないですか」

「知らぬ。おまえが他所《よそ》の女にうつつを抜かすから、懲《こ》らしめてやっただけだ。もとよりのなら、もっと怖いぞ」

智次郎は駿平を突き放すかのように離れると、さっさと芋に手を出した。かぶりついた途端、顔をしかめる。熱かったのだろう。

「しかし以前ならば、怒り顔でわめいていたが、どうだ、もとよどののあの落ち着きぶり」

皮肉をやんわり投げつけていったぞ、と感心するようにいった。

「女子《おなご》は大人になるのが早いな。それに比べて、男は駄目だなぁ。偉そうなことをいっても行動が伴わないからな。夢を語ってばかりいても現《うつつ》にはならん」

それは、もちろん智次郎自身も加えているのだろうと、駿平は疑《うたぐ》り深い眼を向けた。

「相変わらずのらくらしたやつだな。おまえを養子に迎えてよかったと、野依の養父母だって安心したいと思っているはずだ」

そもそも、おまえはどうして武家になったのだと、智次郎が迫ってくる。

それはと、駿平は思い起こした。

「軽い気持ちだったんですがね」

「しかし、いまはそうじゃない。野依家の当主として、御番《ごばん》入りを期待され、背負うものができた。そうではないか」

まあそうだなぁと、駿平は頷く。

智次郎がふと妙な笑みを浮かべ、

「やはり、やる気になったんだろう」

文机《ふづくえ》の下から風呂敷包みを引っ張り出した。

「うわっ、なんですか。人の居ない隙《すき》に。勝手に見ないでくださいよ」

駿平は慌てて包みを押さえた。

中には算術書と算盤《そろばん》が入っている。駿平はにやにや笑う智次郎を横目で睨《ね》めつけながら、呻いた。

「来年の六月に御勘定御入人吟味《おかんじようおいりびとぎんみ》がありますので。それに挑んでみようかと」

御勘定御入人吟味は、勘定所勤務を望む者の試験だ。これに通れば、まずは支配勘定に就くことができる。文書を写す「筆」と、算術の技能を測る「算」のふたつを吟味される。

毎回、数十倍の難関だという。

「御坊主にはなれないですし、水練は苦手ですから徒《かち》も難しそうです。望みも大切ですけど、私に出来ることはなんだろうと考えたんですよ。やはり、私は商家の出。得意なのは算盤です。ならばもっと研鑽《けんさん》を積んでみたいと、思いましてね。まだ養父母には伝えてないんですが」

徒を望む養父の孫右衛門にどう告げようか思案の最中だった。駿平は芋を少しずつ口へ運ぶ。ほっくりして、甘みの強い芋だ。

「そいつは難問だ。だが、そう思ったのなら受けてみろ。おれも、もたもたしてはおれんな。おれは算も筆も苦手だからな、陰ながら見守ることにするぞ」

智次郎は感慨深く頷くや、頑張れよと、掌で背を張ってきた。芋が口から飛び出しそうになったが、智次郎の思いが骨の髄までずうんと伝わってくるような気がした。

「まあ、お役吟味はまだまだ先だ。それより逢対《あいたい》はこの頃どうなんだ。おれは今日それを聞きに来たのだ」

智次郎が身を乗り出してきた。

「ああ、それなんですけどね」

支配の口から直接聞いたわけではないが、小普請組の中で、御膳所御台所《ごぜんどころおだいどころ》に動きがあるという噂が流れていた。

「ほう、席が空くかもしれないということだな。もっとも噂というのが気にはなるが」

智次郎がうむうむと首肯《しゆこう》する。

御膳所御台所を孫右衛門に訊ねると、お上の食事を掌《つかさど》る役目だと聞かされた。察しはついていたが、駿平は料理などしたことはない。つまり空きが出ても、就ける自信はない。

「いやいや台所役は、調理をするだけじゃない。御膳所の雑用役もいれば、出入り商人の管理やら、銭を数える役もあるぞ。どの役が空くかはわからんが、心積もりはしておいたほうがよいな」

　そんなものかと駿平は感心しつつ頷いた。

　芋を平らげた智次郎が腕を組んだ。

「しかし、御膳所御台所とは面白い。じつはな、この芋は父の知り合いの御膳所小間遣《こまづかい》頭《がしら》から回ってきたものだ」

　畏れ多くも将軍芋だと、盆に載る芋へ向かってうやうやしく一礼した。

「なんですか、それは」

　手にした芋をしげしげ眺めた。

　お上の御膳に載せるために買い上げられた芋のことだと智次郎がいった。

「なぜそれが回ってくるのです」

　駿平は小首を傾げながら訊ねた。

　それはだな、と智次郎は茶を一口飲んだ。

「まず、上様の御膳が豪華だというのは間違いだ」

　お上の食事が質素なものだというのは駿平も耳にしたことがある。ほぼ一汁三菜《いちじゅうさんさい》。朝は飯に汁、香の物か酢の物、煮物に吸い物、鱚《きす》の塩焼きと漬け焼き。鱚は縁起がよい魚とされており、なんと東照大権現《とうしょうだいごんげん》さまの御世からほぼ毎朝食されているというから驚きだった。

昼夕も大差なく、魚が替わるか、貝や鳥肉が付くかの違いで、異なるのは、夕の膳には酒が付くということだった。

米は蒸し飯。おかげで粘りもなくぱさぱさしたものを食している。

そのうえ調理されたものをすぐに食せない。御膳奉行が毒見をしたうえで、時を置く。万一、毒が混入していた場合、効果が出るまでしばらくかかるからだ。

それが済み、お上が食するときには汁物だけ温め直されるが、魚も煮物も冷え切っている。膳が調ってから一刻を要するというから、美味い不味いもあったものではない。

それをふたりの小姓と静かに食べる。

町場の飯のほうがよほどいい。できたものをその場で食べる。きっと屋台のそばを啜ることも、あつあつの田楽《でんがく》を頬張ることも、お上は生涯できないのだ。

「上様の好物は生姜《しょうが》もやしらしいぞ」

へえと、駿平は眼を丸くした。もやしに生姜を和《あ》えたものだろうか。

「ただ、上様の御膳はたしかに質素だが、贅《ぜい》をつくしているんだな、これが」

「そりゃ、どういうことですか」

駿平が膝を乗り出すと、智次郎が満足げに小鼻を膨らませた。

「魚でも菜でも一番いいものを購《あがな》うからだ」

そういえば、日本橋《にほんばし》の魚河岸《うおがし》で賄役《まかないやく》が次々買い上げていくさまを見たことがある。出汁《だし》をとる鰹節《かつおぶし》にしても、昆布、塩、味噌、醤油などすべてに亘《わた》り吟味された極上品だけを使用するのだという。

「仕入れの量も半端じゃない。不足などあってはならぬことだからな。鰹節にしても我が家のように、指の皮を削るかどうかのぎりぎりまで使わん。するとどうだ」

余り物になる。

智次郎はうむと大きく頷いた。

「台所役は有余品を皆で分け合い、持ち帰るというわけだ」

「待ってください。いいんですか。畏れ多くも上様のために購ったものでしょう。そんな勝手をしたら、首が飛ぶ、うーん」

そのままひっくり返りそうになった。

飛ばぬ飛ばぬと、智次郎が手を振る。

「膳は余分に作るから手付かずのものさえある。持ち帰らねば、鯛《たい》も鰹も捨てることになるんだ。塵芥ならもう誰のものでもないじゃないか。しかもそれらは皆最上の品だぞ」

もったいないじゃないか、と智次郎はしたり顔でいった。

理屈は通っている。最上の塵芥。たしかにもったいない。やはりお上の食事は質素であっても贅沢なのだ。芋がうまかったのは当然だと駿平は感心した。

さらにはお上が使う什器《じゅうき》も同じように扱うという。新しいものと入れ替えのときに、古いものは処分する。それすら分けてしまうらしい。これが役得というものかと、駿平が呆《ほう》けた顔で呟くと、智次郎が大きく頷いた。

「そもそも御台所の下役はな、十五俵一人半扶持《ぶち》からせいぜい五十俵だ。とてもとても一家が食うていけるはずもないが、食い物は我が家よりも贅沢だ。城から失敬した鯛だの平目だの鴨肉《かもにく》だの平気で食しているのだ」

下々が食す鰯《いわし》や秋刀魚《さんま》なんぞ上様の膳にはのぼらないからなと、智次郎はごろりと寝転び、鼻毛を抜き始めた。

「親父の知り合いは御膳所小間遣頭だが、食い物はもとより炭や薪《まき》まで持ち帰るというから、暮らし向きで銭を使うのはせいぜい衣装くらいなものだそうだ」

ははあ、食にかかわるものはすべて城から調達しているのだ。いやはや驚いた。役得といえば聞こえはいいが横領と紙一重ではないか。本来ならば許されるはずのないことだろうが、これは公然の秘密か。

「皆知っているが声高にはいわぬ。御台所役の中にはそれらの食材を使った弁当を作って売る強者《つわもの》もいるくらいだからな」

智次郎は、ふんと鼻から息を抜く。

まあ、奥右筆《おくゆうひつ》だの徒目付《かちめつけ》だの、お役によっては大名や旗本からたんまり付届けがあるとも聞く。ああ、そうだ。小普請支配や組頭も同じだ。逢対の度に支配も組頭もひとつよしなにと手土産を得ている。あれだって役得だ。

「お上も毎日三度の飯を食う。有余品は膨大だ。屋敷に持ち帰ってもなお余るので、隣近所や知人に配るんだな。それで我が家もこうして恩恵に与れるというわけだ」

智次郎はむくりと起き上がり、盆の上からまたひとつ手にした。

禄は低くても飯には困らぬどころか、最上の食い物が食える。部屋住みだからと一品減らされることもない、いいお役もあったものだと、智次郎はため息を吐いた。

だが、米粒をひとつひとつ吟味して、大きさを揃えるような仕事は面倒だなと、苦笑した。

「一昨日《おととい》、わが家へ来られた御膳所小間遣頭の森沢甚兵衛さまはな、こうした事情を上様はご存じであろうといっていた。咎めないのは、微禄の家臣への慈悲だとな」

駿平は芋を食う手を止め、眼を見開いた。

「いま、なんていいました」

「上様の慈悲か？」

「いや、御膳所小間遣頭のご姓名です」

森沢甚兵衛さまかと、智次郎が訝る。

「それそれだ。吾妻橋にいた溝端宗十郎が恨んでいる相手の名だ」

駿平は声を張り上げた。

「馬鹿をいうな。森沢さまは温厚で実直なお方だぞ。恨みを買うような人物ではない。なにかの間違いだ」

智次郎はむすっと唇を曲げた。

「ですけど、おれんという娘は、橋の上で溝端の愚痴をずっと聞かされていたんです」

森沢甚兵衛は、姑息《こそく》で傲慢《ごうまん》で、ささいなことに目くじらを立て、己のしくじりも下役のせいにする、下衆《げす》の極みだと、溝端が呪詛《じゅそ》のように垂れ流していたことを、働いている奥山までの道すがらおれんから聞かされた。

「そいつのお役はなんだ。御台所役か」

「お役まではわかりません」

智次郎は、ほれみろといわんばかりの眼つきをする。

「まず、見ず知らずの娘に己の愚痴を聞かせるほうがどうかしているぞ」

「たしかにそうですけれど、そこまで悪口を並べ立てるのなら、やはり御台所にかかわる者だといえなくもないですよ」

ですからね、と駿平は前に屈んで声を一段落とした。

「それが、御膳所御台所に空きが出るという噂に繋がりませんかね」

智次郎が眼を細め、駿平を見据える。

「内部で揉め事があるとか、それで近々お役御免になる者がいるかもしれないというような」

ふむと、智次郎が思案顔をした。

たとえば、新参者の歓迎と称するいびりもあるし、有余品の分け方で不満が出ているとか、人などふたり以上集まれば、諍いまではいかなくとも、なにかは起きるものだ。

「なんといっても食い物の恨みは恐ろしいですからね」

「森沢さまに限ってあり得ん。が、火のない処に煙は立たずだ」

智次郎は芋を懐に入れ、

「溝端某の虚言だとしてもだ。もしも森沢さまが責めを受け、お役を解かれたら」

大変だと、呆けた顔をした。

「我が家への届け物がなくなるじゃないか。そいつは困る、大いに困る」

正月の伊勢《いせ》海老が食せなくなる、こうしちゃおれんと、勢いよく立ち上がった。

四

大股で歩く智次郎を駿平は慌てて追いかける。森沢甚兵衛の屋敷は昌平坂《しょうへいざか》学問所を越えた先の本郷《ほんごう》にあるという。

智次郎の歩みがいつも以上に速い。これからの食膳を左右するだけに真剣なのだ。駿平は追いすがる。

そろそろ七ツ（午後四時頃）になろうかという刻《とき》だった。

昼間は晴れていたが、いまは灰色の雲が垂れ込めている。そのせいか、かなり肌寒い。早目に仕事を切り上げた職人や、棒手振りが売り声を上げながら通る。そろそろ夕餉《ゆうげ》時だった。あちらこちらから、魚を焼く煙や煮炊きする煙が上がっている。

「神田明神下《かんだみようじんした》の御台所町は、町人地になっているが、昔は御台所役が住んでいたんだぞ」

智次郎が神田明神裏の妻恋坂《つまごいざか》を上りながら偉そうにいった。

「智さん、森沢さまへはどう訊ねるんですか。まさか御台所役で揉め事があるかなんていうのではないでしょうね」

智次郎は歩を緩めずに振り向いた。

「直接質《ただ》す。小普請組で、そういう噂が出ているのを小耳に挟んだとな」

「それはあまりにも」

「回りくどいいい方をしても詮方ない。ところで、おれんという娘は他にはなにかいうていなかったのか」

駿平は坂を上りながら荒い息を吐いた。

「それがですね、じつは」

おれんは、溝端宗十郎の顔を見知っていたというのだ。浅草寺《せんそうじ》裏手にある奥山のそば屋で働くおれんは、溝端が三月《みつき》ほど前から友人と連れ立って通りの向かいにある矢場《やば》へ連日来ていたのを見たという。

「うちでお酒を呑んで、矢場で遊んでいたんです。矢場の娘《こ》をからかったり、口説いたりしてました」

それにと、おれんは顔を伏せ、本所《ほんじょ》の裏店から奥山まで通っているとき、吾妻橋の下で釣りをしているのも目撃していたという。

「なんだ。遊び暮らしているのか。しょうもないやつだな。それで森沢さまを中傷するなど、よくわからんが腹立たしい」

御台所役という確証はないが、森沢甚兵衛に恨みを抱くほど憎んでいるのはたしかだ。どこで知り合ったのだろう。

「食材を仕入れる賄役ってのもあるが」

智次郎が懐から芋を出して齧《かじ》り始めた。駿平に差し出してきたが断った。芋は喉に詰まってむせやすい。

「しかし、溝端って奴は、日参しているそば屋の娘の顔には気づかなかったのか」

「どうでしょうねぇ、おれんの顔を見て首を傾げるような素振りはしたそうですけど」

ふーんと、智次郎は頷く。

ただ、溝端は矢場に来るときと釣りをしている姿が別人のようで、おれんはすごく気になって毎日、橋の下を覗き込むようになったという。

「別人ってなんだ」

「妙に思いつめているというんです」

浮かれ騒いで釣りはしないだろうよと、智次郎がちゃちゃを入れる。

笠をつけていないときも多く、顔色も人相も悪くなって病なのではないかというのだ。

「おれんはそば屋に来た溝端に一度だけ話しかけたそうです」

するとすこぶる元気だと、いったという。

「要はふざけた奴だということだ」

智次郎が吐き捨てた。

幸い森沢甚兵衛は非番で屋敷に居た。

智次郎の突然の訪問に驚きながらも、笑みを浮かべ、招き入れてくれた。

中肉中背で、背丈もほどほどにある。顎の尖った三角顔で、一見厳しい風貌にも見えるが、笑うと目尻が下がり、柔和《にゅうわ》になった。

客間に通されると、智次郎は芋の礼を述べた。駿平を紹介すると、野依家にも数本分けたと話し、本日はそれを道々食いながら参りましたと、頭《こうべ》を垂れた。

森沢はそれを聞いて、さすがは智次郎どのだと破顔した。

智次郎のいう通り、温和で実直な印象を受けた。溝端宗十郎のいう森沢甚兵衛はただ
溝端宗十郎のいう森沢甚兵衛はただの同姓同名ではないかと思ったほどだ。

と、智次郎がいきなり切り出した。

「失礼ですが、溝端宗十郎というご仁に覚えはございましょうか」

止めようとしたが遅かった。

森沢の顔がにわかに曇り、眉間に険しい皺が寄った。

「ご存じのようですね」

むうと、森沢が口許を引き結ぶ。

「では、私が申し上げます」

駿平は膝を進め、森沢へ事のあらましを告げた。森沢は目蓋を閉じ、じっと話に聞き入った。

「私もおれんという娘から聞かされたことですので真実かどうかはわかりかねますが
――」

顔を見るだけで不快だ、同じ処に居ると考えるだけで虫唾《むしず》が走る、あやつなど居なくなればいいと、溝端宗十郎が繰り返し繰り返しいっていたことを、駿平は背に汗を滲ま

せながら語り終えた。

座敷内にしばし沈黙が流れた。

駿平とて当の本人に悪口を伝えるのは、気持ちのいいものじゃない。

「ご無礼を仕《つかまつ》りました」

思わず畳に額をこすり付けていた。

「野依どの、貴殿が詫びることはない。ようお話し下された。かたじけない」

駿平は滅相もないと、顔を上げた。

「溝端宗十郎は我が配下。御膳所小間遣でござる」

森沢は宙を仰いで嘆息した。


智次郎は頭から湯気を出しながら浅草へ向かっていた。森沢家から借りた提灯《ちょうちん》が左右に揺れる。すでに日も沈み、あたりには薄闇が広がっている。

「許せん、森沢さまへ謝罪をさせねば気が収まらん。いまごろは奥山の矢場だな」

鼻息荒くいい放った。

「しかし、これはあくまでも御膳所小間遣役内で解決すべきことではないですか」

駿平は智次郎の背に言葉を投げた。

智次郎は足を止め、声を張り上げた。

「童《わらべ》ではあるまいに、叱責されたら仕事に出ないなど軟弱にもほどがある。前に親父どのが嘆いていたが、まことにこういう奴がいたとは驚きだ」

宗十郎が病気引籠《ひきこもり》と称して、仕事を休むようになったのは半年前のことだった。御膳所小間遣として、ふた月が経過し、当初は御台所に戸惑っていた本人も次第に仕事に馴れ、仲間たちともようやく打ち解けてきた頃だ。

「陰に籠っている感じではないが、どこか融通の利かぬふうには見えましたな」

森沢は宗十郎の人物をそう語った。

ある日、昼の膳の調理をしていた御台所人が包丁で指先を深く切ってしまった。すぐ別の者に交替し、調理を終えたが、まな板にわずかに血が付着していることに宗十郎が気づいた。すでに膳は調えられている。血もまな板の角に点のように付いていただけだ。魚のものだとも考えられた。

そう判断した宗十郎は、御膳奉行が毒見を終えたときに、森沢へそのことを伝えた。

森沢は顔色を変えた。御膳奉行に謝罪し、御膳所御台所頭に報告し、御小納戸役《おこなんどやく》、御小姓にもう一度作り直すと平伏した。

運がよかったことに、この日は中奥で能舞台があったうえに、お上は御能役との雑談に花が咲きご満悦で、事なきを得たのだ。

「どう考えても溝端宗十郎が悪い。たとえ血が魚のものであったとしても、台所人のものでないという確証もない」

気づいた時点で御膳所小間遣頭の森沢に判断を仰ぐべきだったと、智次郎は憤慨した。

だが、森沢から叱責を受けた宗十郎はそれ以来、口を利かなくなった。用事をいいつけても、返事もしない。ときおり恨めしげな眼を向け、あからさまにため息を吐く。それが十日ほど続いたとき、

「それがし、気鬱《きうつ》の病でござる」

宗十郎は堂々といってのけ、ひと月休むと届けを出した。

御膳所御台所は、お上の食膳を掌る役目だけに、常に気を張り詰め、役料は少ないが、わずかなしくじりも許されないというしんどいお役だ。それでも、有余品という役得があるからこそ、耐えられるともいえた。

森沢は休むのもよいかと認めたが、ひと月経つとまたひと月延ばす。そしてまたひと月と、かれこれ半年仕事に出てきていない。

ただ、三月ほど前から浅草奥山の矢場で宗十郎によく似た人物を見かけると、下役の者から聞かされ驚いた。さらに別の者からは、釣りをしていたという話が出てきた。

森沢が調べさせると、朝は釣り、夕刻からは矢場で遊蕩《ゆうとう》しているのが知れた。

御膳所御台所の者たちは、遊ぶことはできても仕事はできぬのか、お役をなんだと心得ているのだと憤っている。

ひとり抜ければ、誰かがその者の穴埋めをせねばならない。しかもひと月といっておきながら、また延ばす。戻ってくると思うからこそ、宗十郎の分まで引き受けている者たちは、幾度も肩透かしを食らっているのだ。怒るのも当然だ。

だが本人は気鬱の病だといっている。それを仮病《けびょう》だろうと無理に引っ張ることもできない。病気引籠は他のお役でもよくあることだった。役料だけを得て、せっせと内職に励みながら、他の役に就こうと、猟官運動にいそしむ輩《やから》もいるのだ。

しかし宗十郎はそうではないと森沢は首を横に振った。

「じつは、ひと月前に宗十郎から場所替願が出された。こともあろうに徒目付と記してきたのに危ういものを感じたのだ」

徒目付はお目見《めみえ》以下の者を監察し糾弾する目付を補佐する役目で、そう容易《たやす》く就けるものではない。

むろんのこと、場所替願は却下された。

それもまた宗十郎の恨みを増幅させたのだろうと、森沢は大きく息を吐いた。

これはまことに根の深い病だと薄々感じていたという。しかし、下役の者たちは堪忍袋の緒が切れ掛かっている。

智次郎とて怒りまくっている。

「しかし、森沢さまが叱り方を違《たが》えたと後悔なさっていたのが、切ないですね。上に立つ者として、見誤ったと」

「さっさとお役を解いてしまえばいいものを、森沢さまはお優しすぎるのだ。なにが徒目付だ。馬鹿か。甘えだ甘え。怠け者なのだ」

早くその面を見てやりたいと、智次郎は息巻いた。

浅草奥山の矢場であっさり溝端宗十郎は見つかった。今日はひとりのようだ。軒に下がった赤い提灯が艶《なまめ》かしい。矢場娘をからかって、宗十郎は笑い転げている。

「駿平、まことにあいつか」

「今日会ったばかりですよ」

あれが病かと、智次郎は憮然とした表情だ。

振り向くと、たしかにそば屋が向かいにあった。おれんが駿平の姿をみとめ走り寄って来た。

五

宗十郎がだらしなく首を回した。

「なんだ貴様ら。おお、おれんじゃないか。美味いそばであったぞ」

酒のせいか眼が濁っている。

「森沢さまが心配なさっておいでです」

いまにも怒鳴り散らしそうな智次郎を制して、駿平が先に口を開いた。

宗十郎の顔がにわかに禍々《まがまが》しいものに変わり、矢場娘を突き放して、表に出て来た。

智次郎が話をしたいと顎をしゃくると、

「なにゆえ貴様らが知っておるのだ。そうか、森沢に頼まれたのだな」

眼を瞠《みは》り、声を張り上げついて来たが、路地に入った途端、さらにふてぶてしい態度を取った。

「ま、そんなことはどうでもいい。森沢という男は下衆《げす》だ。己の失態にされるのを恐れ、皆の前でおれを無能呼ばわりした。無理やり頭を押さえつけられ御膳奉行から御台所役すべて、そのうえ御小納戸役、御小姓に至るまで土下座させられるという恥辱を受けたのだ」

歯を剝き、憎々しげに吐き捨てた。

「あれは叱責ではない。己の保身のため怒りにまかせておれを罵《ののし》っただけだ。そんな者の下に付けるかっ」

おれは知っているぞ、御台所役どもがなんといってるかをな、と宗十郎がいった。

「怠け病だの、わがまま病だのだ。だが違う。おれの生きる処は御台所ではないのだ。もっともっと才を活かせるお役でなければ、おれをわかるやつはおらん」

駿平はまじまじ宗十郎を見た。

「どのような才をお持ちですか」

「お役に就いてみれば必ず発揮できる。それにはそうした場所が重要だ。それを与えてくれぬからいかんのだ」

智次郎が横で全身を震わせている。かなり頭に血が上っているようだ。駿平とてこの物言いには腹を立てていた。

「では伺いますが、どんなお役だったら、ご自身の才が活かせるとお考えですか」

むっと宗十郎は顎を引き、一瞬視線を泳がせると、

「でっかいお役だ。皆があっと驚くような大仕事を成し遂げるためにおれは学問も武芸も修めてきたのだ」

そんなおれがなにゆえ台所の雑用に就かねばならぬのか理解に苦しむ、お上が間違っておるのだと、宗十郎は頭を抱え、首を振る。

間違っているのはお上でなくて、お前のほうだと喉元まで出かかるのを駿平は堪えながら、自尊心が無駄に高いだけでこの男にはなにもないんだと思った。

ただ漠然とした望みにとらわれ、なにも見ようとしていない。己に才があると思い込み、評価されないことに苛立ち、しくじりを叱責されれば、上司が悪いと文句を垂れる。

御台所でのしくじりは、他の役にも波及する。森沢が宗十郎を各所で謝罪させたのは、

皆が責めを負わねばならない事態になることを悟らせたかったからだ。決して森沢自身の保身のためではないはずだ。

城内で働くということは、そういうことだ。

網の目のようにお役は繋がっている、宗十郎はそうした眼をまだ持ち合わせていないのだろう。

「わかってもらえぬおれのほうが苦しいのだ、辛いのだ。だから釣りもした矢場にも来た。これだとて、出来るようになるまで時がかかったのだ。怠けているわけではない。釣りをするのも、矢場で遊ぶのも、おれがまともだという証《あかし》のためだ」

宗十郎が歯噛みをするように呻いた。

「おい、駿平」

智次郎が顔を寄せてきた。こめかみのあたりがぴくぴくしている。血が上りきったのだ。

「こやつ、殴っていいか」

耳元に囁きかけてきた。

駿平は、強く首を振る。

腐りかけていようがとりあえずは武士だ。衆人環視の中で殴るのはまずい。

「手前勝手な理屈をこね、己が苦しいだと。こういうへなちょこ侍は一発かましてやら

ん と眼が覚めん」

智次郎の荒い鼻息が、頰をかすめていくのが不快だったが、阿呆《あほう》のように嘆く宗十郎の姿はさらに不愉快極まりない。

「森沢さまは、ご自分が悪かったのならば詫びるとまで仰《おつしや》っているのですよ」

駿平は諭すふうに極めて静かに語りかけた。ところが、宗十郎は眉を寄せ、鼻を鳴らした。

「悪かったならばだと？　悪かったとはいえぬのか。その態度が尊大なのだ」

「お主、何様のつもりだ。いい加減にしろ」

智次郎が一歩進み出ようとしたときだった。それより速い影が横切ったかと思うと、

「この意気地《いくじ》なし」

甲高い声が響いて、おれんが宗十郎の頰を思い切り張った。小気味いい音があたりに響いた。周囲がざわつく。

「ねえ、大きな仕事っていうけど、そのためになにかしてるの。釣りとおもちゃの弓を引いて、大事な時を潰してるだけでしょ」

宗十郎は張られた頰を押さえ、眼をぱちくりさせながらおれんを見つめた。

おれんさん、と慌てて近寄ると、

「うるさい」

おれんの一喝《いっかつ》に駿平はすごすご身を引いた。

「あたしのお父《と》っつぁんは病で臥せってるの。妹たちにたんとおまんまを食べさせてやるために、おっ母《か》さんもあたしも働いてるの」

あたしには暮らしを支える思いがあるから、どんなに辛くても働ける、みんなの笑顔が見られたら、あたしも胸が張れるのよ、おれんは振り絞るようにいった。

「おそばは一杯十六文よ。その十六文はお客さんのお財布から出してもらうの。お財布の銭は、お客さんが汗水流して働いたお金よ。そういう大切なお足を使ってもいいと思えるおそばを打つのが、あたしの仕事なの。いつか自分の店を持ちたいからね」

娘の細腕で、そば打ちとは驚いた。いつも店の奥にいるから、宗十郎はおれんの顔を覚えていなかったのだ。

おれんの勢いに、智次郎も宗十郎も呆けたように突っ立っている。

「そりゃあ、お武家さまの仕事とあたしの仕事は違う。でもさ、叱られたら悔しいって気持ちは同じだよ。いまの仕事は辛いかもしれないけれど、やれそうなことから試してみたら案外楽しくなるかもしれない。森沢って人にも苦しい気持ちを伝えるべきよ。それでもわかってくれなかったら怒ればいいのよ、ね」

おれんが宗十郎に笑いかける。赤い椿の花びらが見事に開いた。美しい笑顔だった。

智次郎がぐいと進み出た。

「森沢さまはお主が戻って来るのを待っていると仰っていたぞ」

宗十郎は俯くと、ぽろぽろ涙を落とし始めた。泣きながら両手を伸ばしてくる。智次郎が感激の面持ちで、その手を取ろうと一歩前へ出たが、宗十郎はするりと身をかわした。代わりにおれんの手をしかと包んで握りしめ、額に押し当て泣きじゃくった。

「なにやら釈然とせん」

智次郎はむすっとしながら、団子をまとめて串から豪快に引き抜いた。下谷広小路《したやひろこうじ》の茶店に智次郎から呼び出された。近頃、智次郎は思うところがあるのか、毎日道場通いをしている。その帰り道だ。

「いいじゃないですか、溝端さんもお役に戻ったんですから。めでたしですよ」

あれから五日後、溝端宗十郎は森沢の屋敷を訪ね、病が癒《い》えたと挨拶に来たという。

ふんと、智次郎は鼻を鳴らした。

「おまえに森沢さまより預かりものだ」

智次郎が傍らに置かれていた風呂敷包みを、駿平の腿《もも》の上に移した。結構な重みに呻くと、

「極上の羊羹《ようかん》だ。十棹《じっさお》ある」

智次郎がにっと笑った。例の有余品だ。

「ははあ、助かります」

「ところで駿平。あやつ、森沢さまになんといって戻ったと思う？」

「さあ、謝ったか、気持ちを伝えたか」

違うと、智次郎は吐き捨てた。

「自分はおれんに認められたいから頑張るといったそうだ。おれたちでも森沢さまのお心でもない。深川《ふかがわ》育ちの女子の、見事な啖呵《たんか》を切ったおれんに惚れたんだ。やっぱり信用ならん」

ははは、と駿平は空笑いした。

まあそれでも、一旦、味噌のついた宗十郎が同じ職場に戻るのは相当覚悟が必要だ。同僚もすぐには受け入れがたいだろう。

「だいたい半年もの間、皆が奴の尻拭いをしてきた。これからは余計な気を遣い、腫《は》れ物に触るような扱いをせねばならん。うっかり叱れば、またぞろ休むかもしれんからな」

「ですが、人を慈しむことで別の見方もできるようになりますよ。男は好きな女の前では恰好もつけたいでしょうしね」

「おれんの前で泣き顔見せたやつだぞ。いまさら恰好がつくか」

やれやれ森沢さまも難儀だと、智次郎が空を見上げる。どこかで烏《からす》が鳴いた。

智次郎と別れた駿平は羊羹を抱えて屋敷へと戻った。

自室が掃除されていた。駿平ははっとして文机の上を見る。昨夜、開きっぱなしにしておいた算術書と算盤がきれいに整えられていた。しまった見られたと、駿平は鬢を掻く。

「兄さま。少々よろしいですか」

障子の向こうから、もよの声がした。

いつもなら駿平の返事を待たずすぐに入って来るはずなのに、もよは廊下にじっとしているようだった。

「もよ。羊羹をたくさんもらったぞ、食うか」

障子の向こうに呼び掛けたが応えがない。訝しく思い立ち上がったとき、もよの小さいが、はっきりした声がした。

「もよは、兄さまが望むことをなされるのがよいと思います」

それだけいうと、小さく足音を立てて去って行った。

胸の奥から温かいものが込み上げ、駿平はその場で小躍《こおど》りした。

こはだの鮓《すし》

北原亞以子

北原亞以子（きたはら・あいこ）
一九三八年東京生まれ。六九年に「ママは知らなかったのよ」で新潮新人賞を受賞しデビュー。八九年に『深川澪通り木戸番小屋』で泉鏡花文学賞、九三年に『恋忘れ草』で直木賞、九七年に『江戸風狂伝』で女流文学賞、二〇〇五年に『夜の明けるまで』で吉川英治文学賞を受賞。著書に『まんがら茂平次』『妻恋坂』『父の戦地』『誘惑』『あんちゃん』、「慶次郎縁側日記」シリーズなど多数。一三年逝去。

こんなことは、めったにあるものではない。

よいことも悪いことも年齢《とし》をとるに従って小さくなるという作兵衛《さくべえ》自身の説に従えば、まだ下総《しもうさ》の酒井根《さかいね》村で暮らしていた頃、隣家の茂蔵《しげぞう》が、田圃《たんぼ》をあずかってくれと頼みにきたのと、同じくらいの幸運だった。鮓《すし》売りの与七《よしち》が、今日はけちな客が多かったと言って、売れ残ったこはだの鮓を竹の皮につつんでくれたのである。

近頃は、にぎり鮓というものもできたそうだが、与七は、めしにこはだをのせて押したなれ鮓を、小綺麗《こぎれい》な桶《おけ》に入れて売り歩いている。得意先は吉原《よしわら》だが、内緒で遊んできた手代の話によると、こはだの鮓とは言わず、「こはだのすう」とのばす売り声が、なかなかよいそうだ。

桶の中の鮓は、二口くらいで食べられるように切って一つ四文《もん》、安煙草《たばこ》を買う小遣《こづか》いにも不自由しているめし炊《た》きの作兵衛には、高嶺《たかね》の花だが、決して高いものではない。

まして与七は、役者にしたいようないい男だった。そんな美男が唐桟《とうざん》の着物に、黒い襟《えり》をかけたやはり唐桟の袢纏《はんてん》をひっかけて、着物は尻端折《しりはしょ》り、濃紺の股引《ももひき》に白足袋《しろたび》、麻《あさ》裏《うら》の草履《ぞうり》という粋《いき》な姿であらわれるのである。料理屋から届けられるものを食べ飽《あ》きた流連《いつづけ》の客が、さっぱりしたものを食べたいと言い出さなくとも、遊女が競って呼びとめて、客に鮓代を払わせるのは当然というものだった。

が、それでも今日は売れ残ったという。与七の言う通り、今日はよほどけちな客が集まっていたのだろう。

考えてみれば、それも作兵衛にとっては幸運だった。奉公先が浅草諏訪《あさくさすわ》町の葉《は》茶屋《ぢゃや》で、与七と顔見知りであったことも幸いなら、今のうちに横丁を掃いておこうと、箒《ほうき》を持って裏木戸から出て行ったのも運がよかった。小遣いをためては男物の白足袋やら手拭いやらを買って、与七の帰りを待っている小女《こおんな》のおひろに見つからなかったのは、僥倖《ぎょうこう》と言ってもいいくらいだった。

作兵衛は、早足で歩いていく与七の後姿にも頭を下げて木戸の中に入った。こうなったら、横丁の掃除《そうじ》どころではなかった。

とはいうものの、掃除をやめにするわけにはゆかなかった。

作兵衛が働いている葉茶屋は、特に大きな店ではない。店で働いている奉公人は手代が一人、小僧《こぞう》が一人で、そのほかにおひろと作兵衛がいるだけである。

店が手狭《てぜま》なら住まいの部屋数も少なく、庭も広くはないのだが、主人は樹木が好きだった。猫ならぬ犬の額《ひたい》ほどのところに、楓《かえで》やら松やら、梅やら柿やらが植えられて、どぶが木の葉で埋まると近所の顰蹙《ひんしゅく》を買っている。

春三月、落葉の少ない季節とはいえ、横丁の掃除を怠れば、早速近所から苦情が持ち込まれ、口やかましい内儀が、「だから掃除だけはていねいにと、いつも言っているじゃないか」と、耳が痛くなるような声を張り上げるにちがいなかった。

あの声を聞くよりは、掃除に戻った方がいい。戻った方がいいが、その間、この鮓をどこへ置けばいい。

おひろは昼過ぎに、娘の供をして日本橋《にほんばし》へ出かけた。先刻帰ってきたばかりで、「あの我儘娘《わがままむすめ》に日本橋中を歩かされて、足が痛くなった」とこぶしで脛《すね》を叩いていたから、今頃、台所の片付けにとりかかった筈《はず》だ。

おひろのいる台所へ、鮓を持って行けるわけがない。

背中に隠して持って行っても、おひろは素早く包《つつみ》を見つけ、「あ、こはだのお鮓」と素《す》っ頓狂《とんきょう》な声を上げるだろう。そして、分けてやるとも言わぬうちに作兵衛から包を取り上げて、すぐに一つをほおばってしまう。あげくに、「誰からもらったのさ」と、うらめしそうな顔をする筈だ。

そこでおさまれば、我慢する。問題は、与七がくれたとわかった時だった。「このお鮓は、わたしにくれたかったんだよ」と、おひろは言うにきまっていた。

「でもさ、あの人、てれくさがりだろう？　作さんに渡せば、一つや二つはわたしの口に入るかもしれないと思って、それで作さんが木戸から出てくるのを待っていたんだよ」

自惚《うぬぼ》れるだけ自惚れて、おそらく竹の皮へ頰《ほお》を押しつける。せっかくの鮓が妙に温《あたた》かくなってしまうし、第一、取り上げた鮓を作兵衛に分けてくれるかどうかもわからない。冗談じゃないと、作兵衛は思った。

せっかくもらった鮓を、誰がおひろなんぞにやるものか。

おひろは、青菜や蜆《しじみ》を買う時に、裏の絵草紙屋《えぞうしや》の分もついでに買ってやる。絵草紙屋の女主人は、どこぞの旦那《だんな》に身請《みう》けされたもと遊女だとかで、買い物が得手ではない。小女もいるにはいるのだが、釣銭《つりせん》を始終《しじゆう》ごまかすらしい。

そんな愚痴《ぐち》を聞いたおひろは、いつの頃からか入り用にちがいないものを買っては届けてやって、時折小遣いをもらっている。それが羨《うらや》ましいわけではないのだが、その小遣いで買ってくる饅頭《まんじゆう》を、たまには分けてくれてもよいと思うのだ。

作兵衛は、捧《ささ》げるように両手で持っている竹の皮包を眺めた。

「ほかに置くところは——」

あった。昼のうちに割っておいた薪《まき》の上だった。

薪を割るのも台所にはこび入れるのも、作兵衛の役目だと思っているおひろは、薪の山に近づいたことがない。そろそろ日暮れ七つの鐘が鳴る頃で、手代は今日の売り上げの勘定《かんじょう》にいそがしく、小僧もそのそばに控えていることだろう。薪の上なら鮓は安全だった。

包はずしりと重い。一つ四文に切った鮓が、少なくとも十二、三は入っているだろう。

「ああ、今夜が楽しみだ」

早くめしを炊いてしまって、油揚入りのひじきがつくだけの夕飯は、腹痛がすると断って、冷えた腹を暖めてくると言って湯屋へ行こう。その帰りに、大散財《だいさんざい》をして酒を買う。

湯屋から帰って、台所の横の部屋へ入って、ぼろ掻巻《かいまき》を着て布団《ふとん》の上に坐《すわ》って、台所から借りてきたちろりで酒を温めて……。

くそ、こたえられねえ。

作兵衛は、両手で鮓を持ったまま歩き出した。脇の下にはさんでいた高箒《たかぼうき》の柄《え》が抜けて、倒れたそれにつまずいたが、箒をかかえ直している暇《ひま》などありはしなかった。

よかった——。

横丁の掃除を終えた作兵衛は、薪の上を見て、思わず口許《くちもと》をほころばせた。鮓の包は、作兵衛が置いたところに、置いた時と同じ姿でのっていた。

「さて、めしを炊いてしまうか」

米をといで、竈《かまど》に火をつけて、仕事はあとわずかだ。

作兵衛は、薪の上の包をかるく叩いて台所に入り、米櫃《こめびつ》を引き出した。

井戸端へ行く前にも包が無事であることを確かめて、米をとぐ。水加減はいつもの通り手首のほくろまできっちりとして、竈に火もつけた。が、じれったい。はじめチョロチョロ、なかパッパの火を、はじめからパッパと燃やしたくなる。

「一つ、食ってみるか」

と、作兵衛は思った。十二、三は間違いなくあるのだ、一つや二つ食べても、今夜の楽しみにさほど差し障《さわ》りはないだろう。

作兵衛は、台所の外へ出た。薄暗くなってきた軒下《のきした》で、薪の上の包が作兵衛がくるのを待っていたように見えた。

作兵衛は、あたりを見廻《みまわ》した。誰もいなかった。

あわてる必要はないのだが、早く食べたさに竹の皮の紐《ひも》をほどく暇も惜《お》しくなって、作兵衛は包の横から指を入れた。

簡単にとれると思ったのだが、庖丁《ほうちょう》の切り目がうまく入っていなかったのかもしれなかった。作兵衛の指がつまんだ一つは、なかなか包の外へ出てこない。紐をとけばよいとはわかっているのだが、早く食べたいと、のどが鳴っている。むりやり引き出した鮓は、かたちがくずれていた。

それでも、こはだの鮓だった。二月頃から聞えはじめる「こはだのすぅ」に、作兵衛は幾度、山に盛られたそれを夢に見たことか。

だが、夢は、必ず鮓に手をのばしたところで覚《さ》める。つまんだ時も、夢の中ですら頼りない感触が残る。

作兵衛は、こわれた鮓をほおばった。

「うめえ――」

満足したのどが鳴り、もう一つ――と催促《さいそく》をした。

「そうさ、な」

と、竹の皮の中へ指を入れながら、作兵衛は思った。三つくらい食べておいた方が、夕飯を食べずに湯屋へ行った時、空腹で目をまわす心配がないのではあるまいか。

指が、やはり少々くずれている鮓を引き出してきた。ほおばれば、また「うめえ――」という言葉がこぼれて出る。これを、もう一つ食べてもいいのだと思うと、溜息《ためいき》が出てくるほど嬉《うれ》しかった。

「極楽だぜ、まったく」

三つを食べたというのに、指は未練がましく竹の皮の中へ入ってゆく。困ったことに、つまんだそれは庖丁の切り目がよく入っていたらしく、するりと動いた。

口へはこびたくなるのをかろうじて抑え、作兵衛は、二、三本の薪を下げて台所へ戻った。

ちょうど、なかパッパの頃合いで、持ってきた薪をやけくそのように竈へ押し込んだ。一瞬暗くなった竈の中の火は、すぐにかわいた薪に燃えうつり、赤い炎が釜《かま》の底を舐《な》めはじめた。

もう一つくらい――と、火加減を見ている筈の目に、こはだの鮓が見えてきた。かぶりを振っても、まばたきをしても、炎の中にあらわれた鮓は消えなかった。

「な、しょうがねえじゃねえか」

と、しばらくたってから作兵衛は呟《つぶや》いた。落着いてめしを炊くには、もう一つくらい、食べた方がいい。

が、暮れてきた空を見上げながら食べる鮓の味は格別だった。作兵衛は、思わず三つをつづけざまにほおばって、まだ鮓を引き出そうとしている手を叩いた。

包をふりかえりながら竈の前に戻ったが、気がつくと台所の外にいて、薪が積んである軒下へ行こうとしているのである。

作兵衛は、火吹竹《ひふきだけ》を持った。火吹竹をくわえて、精いっぱい竈の火を吹いていれば、少しはこはだの鮓の姿が消える筈であった。

作兵衛は、夢中で吹いた。吹いて吹いて、吹きつづけた……つもりだったが、我に返ると、竈の前に蹲《うずくま》ったまま、こはだの鮓を食べていた。あわてて開けた包の中には、二つしか残っていない。べそをかいたような苦笑いを浮かべながら、作兵衛は鮓をていねいにくるんで、竹の皮の紐を結び直した。茂蔵が田圃をあずかってくれと言ってきた時もそうだったと思った。

茂蔵は、小金牧《こがねまき》の野馬《のま》捕《ど》りに勢子《せこ》としてかりだされ、馬に蹴《け》られて大怪我《おおけが》をした。子供はまだ小さく、自分にかわって田圃を耕してくれれば、収穫の半分を渡してもいいと言ってきたのである。

当時の作兵衛は、親から譲られた田畑を博奕《ばくち》と酒で失って、妻子から白い目で見られていた。茂蔵の申出は、作兵衛にとっても有難いものだった。

来年の春にはまた田を耕せる、秋には米がとれると思うと、作兵衛は無性《むしょう》に嬉しくなった。嬉しくてたまらずに、つい前祝いの酒を飲んだ。

その酒が幾月つづいたのか、作兵衛にもはっきりとした記憶がない。はっきりと覚えているのは、呆《あき》れはてた茂蔵が、ほかの男に田圃をあずけたことだけである。

作兵衛は、鮓の包を懐《ふところ》へ押し込んで立ち上がった。

めしはもう炊けている。あとは腹が痛むと嘘《うそ》をついて湯屋へ行き、酒を買ってくればいい。鮓はまだ二つ、残っている。

六花《りっか》

坂井希久子

坂井希久子（さかい・きくこ）
一九七七年和歌山県生まれ。二〇〇八年に「虫のいどころ」でオール讀物新人賞、一七年に『ほかほか蕗ご飯　居酒屋ぜんや』で歴史時代作家クラブ賞新人賞を受賞。著書に『泣いたらアカンで通天閣』『若旦那のひざまくら』『ハーレーじじいの背中』『17歳のうた』『愛と追憶の泥濘』『妻の終活』、「居酒屋ぜんや」シリーズなど多数。

一

霜月《しもつき》ともなればじわじわと、寒さが身に染みてくる。

肩先に冷えを感じ、お妙《たえ》は夢から引き戻された。

やや遅れてぶるっと震えがくる。己を抱きしめ、腕をさすった。

夜の長い季節である。暗闇《くらやみ》はまだ去らず、明け六つ（午前六時）の鐘までには間がありそうだ。

もう少し寝ておこうと、夜着の中に縮こまる。

だが冷えが眠気を追い払い、思惑とは逆に目が冴《さ》えてきた。

「こっちへおいで」と、体を温めてくれる人はもういない。

あの人はいつだって嫌な顔ひとつせず、冷たい手足を包んでくれた。

良人《おっと》を亡くして、もうすぐ一年。一人寝の寂しさにはまだ慣れない。

指先でそっと目尻《めじり》を拭《ぬぐ》い、二度寝を諦《あきら》めて起き上がる。温《ぬく》もりの移った夜着を、肩に羽織った。

さっきまで、なにかいい夢を見ていたような気がする。

だけどもう、少しも思い出せなかった。


冬のよく晴れた朝は、周りの気配がピンと張りつめて、かえって寒い。雪でも降ればまだ暖かく感じられるものを、江戸に初雪の声はまだ聞こえない。お妙の良人の訃音《ふいん》がもたらされたのも、身を切るような寒い朝だった。気が塞《ふさ》ぐのは、そのせいだろう。

そんなときは、忙しく立ち働いていたほうがいい。

神田花房町《はなぶさちょう》、居酒屋『ぜんや』。良人の善助《ぜんすけ》が遺《のこ》してくれた店である。

先に湯屋へ行って身支度を整えてから、お妙はきりりと襷《たすき》を締めた。竈《かま》に火を入れ、水を張った鍋《なべ》をかける。湯気が出はじめたころには、湯冷めしかけた体も、いくらか温まってきた。

食材はすでに、出入りの魚屋や青物屋から運び込まれている。足りない物があれば棒《ぼ》手振《てふ》りを呼び止めればいい。

冬だからこそ、青菜は欠かしたくないところ。沸騰した湯に小松菜と春菊をサッと放つ。

茹《ゆ》で上がってから、これだけでは口当たりが物足りないと、葱《ねぎ》を細く切って軽く湯通ししたのを加えてみた。

少量の醬油《しょうゆ》で醬油洗いをし、生姜汁《しょうがじる》と味醂《みりん》を回しかければ――。

「うん、美味《おい》しい」

味見をして、満足げに頷《うなず》いた。

芋の煮ころばしの、半量を潰《つぶ》して和《あ》える共和えは受けがいいからまた作るとして、さて、あとはどうしようか。

その日の気分と材料で献立を考える、このひとときがお妙は好きだ。一流の料理人のような腕がない代わり、ほんのひと工夫を凝らそうとする。その真心は、食べる側にも自然と伝わるものである。

「う、まぁい！」と呆《ほう》けたように天を仰ぐ、若いお武家様の顔がふいに浮かんだ。

お妙は忍び笑いを洩《も》らし、大根を銀杏《いちょうぎ》切りにする。

寒いので、根菜はのっぺい汁にすることにした。葛《くず》でとろみをつけた具沢山の汁は、酒のお供にもなるだろう。

鰹節《かつおぶし》で取った出汁《だし》に、大根、牛蒡《ごぼう》、里芋、人参《にんじん》、油揚げ、干し椎茸《しいたけ》と戻し汁を入れ、グツグツと煮る。

もうもうと上がる湯気の中に、ほのかな土の香りを感じた。深い滋養のにおいである。

さて、今日の魚は白魚《しらうお》だ。今年の初物で、身が透けるほど美しい。お妙の好みはかき揚げか卵とじ。だがきらきらと輝く白魚を見ていたら、火を通してしまうのが惜しくなってきた。

ここはやはり生で、生姜醬油。いや、酢醬油に芥子《からし》。

ああ、それよりも――。

お妙はにんまりと笑い、煮物に入れるつもりで買っておいた昆布を手に取った。

二

「はぁ、うまい」

喜びを嚙《か》みしめるように目を細め、林只次郎《はやしただじろう》が唸《うな》っている。のっぺい汁の湯気をふうふうと吹いて、もうひと口啜《すす》り込む。汁には少量の山葵《わさび》を添えてあり、溶かしながら飲むと風味の変化を楽しめるはずだ。

「腹の底から温まりますねぇ。こりゃたまらん」

この若者を見ていると、顔が勝手に笑ってしまう。実に旨《うま》そうに、ものを食う。

「火傷《やけど》をしないように、ゆっくり召しあがってくださいね」

お武家様のくせに、構えたところのない男である。そもそもが、鶯《うぐいす》の糞《ふん》買いの又三《またぞう》に連れられてやって来た。

「本当は商人になりたい」などと口走る、一風変わったお人である。

実際に鶯飼いを通して大店《おおだな》のお歴々とも繋《つな》がりがあるようで、先日は大伝馬町菱屋《おおでんまちょうひしや》のご隠居を伴って、ひょっこりと現れた。あのときは内心慌てたものだ。

「いやぁ。これはまた、懐かしい味ですねぇ」

そのご隠居は小上がりの衝立《ついたて》越しに、炊きたての飯を頬張《ほおば》っている。

意外に鄙《ひな》びた食を好む老人のために、ムカゴ飯を拵《こしら》えた。どうやらお気に召したようだ。

「ところでご隠居、なんでいるんですか」

只次郎が衝立を挟んで背中合わせになったご隠居に、声をかける。

「そりゃ私だって飯くらい食いますよ」

「でも、毎日来てません？」

「いくらなんでも、そこまで暇じゃありません。お前様こそ、いつ来てもいる気がするんだがね」

武家の次男坊と大店のご隠居、どちらも便々と日を送る身ゆえか、三日に上げず通ってくる。今やすっかりこの店の、お馴染《なじ》みである。

「アタシに言わせりゃ、どっちも暇人だよ。衝立越しに言い合ってないで、一緒に食やいいじゃないか」

そんなお得意様に、給仕のお勝《かつ》はにべもない。浅黒い頰を歪《ゆが》め、舌打ちをした。

「そうですよ、ご隠居。知らない仲じゃねぇんですから、ご一緒しましょうや」

にこやかに同席を勧めるのは、只次郎の連れである。

三十路《みそじ》手前の、役者のような男ぶり。新川沿いに蔵を構える酒問屋、升川屋《ますかわや》の主人なのだという。

「升川屋さんこそ、新酒の時分でお忙しいんじゃ？　こんな武士崩れにつき合っていていいんですかね」

「お陰様で、うちは先代からの奉公人がしっかりしてますんで。ご心配にゃ及びませんよ」

「ちょっと。武士崩れって、なんでそんなひどいこと言うんですか。ご隠居のときと同じですよ。升川屋さんがなにやらお悩みのようなんで、お連れしたまでです」

武士崩れとまでは言わないが、只次郎が武士らしからぬことは間違いがない。

もとより『ぜんや』は庶民向けの居酒屋であり、舌の肥えたお大尽の来るような店ではないのだ。それなのに只次郎ときたら、格式の違いなど物ともせず、気安く人を連れてくる。

なにより体面を重んじる武士の家に生まれ、どうすればこれほど奔放《ほんぽう》に育つのか。連れて来た客が小ぢんまりとした店を見てどう思うのかという心配は、胸をかすめもしないらしい。

「すみません、こんなところまでお越しいただいて」

なんだか申し訳なくて、お妙が代わりに謝った。

「いいえ。べつに、無理に連れて来られたわけじゃねぇんで」

升川屋喜兵衛《きへえ》が笑いかけてくる。

引き締まった頬が緩み、どきりとするほど親しみやすい顔になった。

「あっ、お妙さん。この人、ついこの間嫁をもらったばかりなんですよ」

微笑《ほほえ》み合う二人が似合いの美男美女であることに、今さら気づいてしまったようだ。

只次郎が慌てて釘《くぎ》を刺す。

実はご隠居の機嫌が悪いのも、色男の升川屋を不用心にお妙に近づけたからなのだが、そうとは知らぬ只次郎である。

「あら、それはおめでとうございます」

「いや、親父《おやじ》が頓死《とんし》しちまって、遊んでばかりもいられなくなったもんで」

「ホントにね。コロリと死んじまいやがって。あいつの業はもっと深いはずなんだがねぇ」

ご隠居が蕪《かぶ》の浅漬けをパリパリと嚙《か》みながら悪態づく。升川屋の先代とは、旧知の仲であるらしい。

そしてその先代が遺した鶯の、面倒を見ているのが只次郎というわけだ。

お妙は頭を巡らせる。ご隠居の言うとおり、今は新酒の頃おいだ。

酒といえば上方《かみがた》からの下り物。初物好きの江戸っ子のために、大坂と西宮の樽廻船《たるかいせん》問屋が新酒を積み込んだ船の先着を競う、新酒番船という行事が催される。

江戸の酒問屋では見張り番を出して、船の到着を今か今かと待ち受ける。品川沖に船が着いたかと思えば、伝馬船に積み替えて、酒問屋の蔵が建ち並ぶ新川まで最後の競争だ。

普通なら十日以上もかかる船路《ふなじ》を、三日四日で運んでしまうのだから、その熱気は相当なもの。升川屋の主《あるじ》ともあろう者が、のんべんだらりとしていられるはずもない。ましてや歳《とし》若い喜兵衛に代替わりをしたばかり。その肩にかかる責任は決して軽いものではなかろう。

それがまだ夕七つ（午後四時）というのに只次郎の誘いに乗って、こんなところまで来てしまうとは。

つまり、それだけ悩みが深いということだろう。

お妙は心の中だけで嘆息する。

自分はべつに、八卦見《はっけみ》や人相見の類《たぐい》ではない。なのにどういうわけだか只次郎は、嬉々《きき》として悩める人を斡旋《あっせん》しようとするのである。

来てくれるのは嬉しいけれど、あまり心頼みにされても困るのだが——。

「おや、お妙さん。素敵ですね、その前掛け」

お妙の心中は察せずとも、そういうところには頭が向く。只次郎が新しくなった鱗《うろこ》紋の前掛けに目を留めた。

「ありがとうございます。先ほどご隠居さんにいただきまして」

「ご隠居、またですか」

「おや、なにが『また』なんだい」

ご隠居は飯についてきたから汁（おからの味噌汁《みそしる》）を啜っている。なに食わぬ顔である。

「まったく進歩がありませんよ。昔、笠森お仙にも前掛けをやったんでしょう」

「応援しているだけですよ。昔と違って私にゃ、遠慮しなきゃいけない相手もいませんしね」

「お内儀だってもう、呆《あき》れて夢枕《ゆめまくら》にも立ちゃしませんよ」

「なにさ。そう言うお前様こそ、鶯の糞をこっそり貢いでいるそうじゃないですか」

「糞くらいいいでしょ、糞くらい。うちにあるんですから」

「うちにもあるんです、前掛けは。太物《ふともの》屋ですんで」

「ああもう、やかましいねぇ。面と向かって話しなよ」

業を煮やしたお勝が裾《すそ》の乱れも気にかけず、小上がりに踏み込んだ。問答無用で衝立を取り払い、さっさと隅に寄せてしまう。

賑《にぎ》やかである。お妙はうふふと口元を押さえた。

女手一つで居酒屋を切り盛りしはじめてからは不安しかなく、客に足元を見られることも多い。酒が入ると気が大きくなり、尻くらい撫《な》でさせろと迫る輩《やから》もいる。そういう手合いはお勝が手荒く追い返してくれるのだが、自分がもっとしっかりしていればと、落ち込んでばかりの毎日だった。

ところが只次郎がいるだけで、どういうわけだか店の景色が明るくなる。本人はお勝に厭味《いやみ》を言われたり、ご隠居にからかわれたりしているだけなのだが。

笑い声が上がっていると他の客も無体を働きづらくなるのか、このところ平穏に日々が過ぎていた。

そろそろ酒の切れる頃合いだろう。語らいの邪魔にならぬよう、お妙はそっと調理場に戻る。ちろりに酒を注《つ》ぎ、湯の沸いた銅壺《どうこ》に沈めておいた。

「升川屋のご新造さんは、上方の人でしたっけね」

しぶしぶながら同席することになったご隠居が、升川屋に話を振っている。

「ええ、灘《なだ》の造り酒屋の娘でして」

「歳はいくつだい」

「十八です」

色男からご新造の話を聞き出そうとしているのは、これまたお妙に対する予防線なのだろう。ご隠居は「なるほどね」と頷いた。

「灘も今さら、江戸との繋がりを失うわけにはいきませんしね」

升川屋はそれに苦い笑いを返し、クイッと喉《のど》を見せて盃を干す。

残り少なになったちろりを手にし、只次郎がこちらを振り返った。

「すみません、お妙さん。酒をもう三合ほど」

「はい、かしこまりました」

「それと、今日の魚はなんですか」

その質問を待っていた。

「白魚です」と答え、お妙はさりげなく微笑んだ。


「お待たせしました」

そう声をかけて、折敷《おしき》に載せた小鉢を置く。

「白魚か、初物だね」と江戸っ子らしく喜んでいた升川屋が、その中をちょっと覗《のぞ》いて見当はずれという顔をした。

白魚は生のまま、細切りの昆布と和えて胡麻《ごま》をかけてある。だがその身は透明ではなく、薄茶色に染まっていた。

「ま、いいから食べてごらんなさいよ」

すでに飯まで終えて浅漬けで酒を飲んでいるご隠居が、心得顔で二人を促す。

さっきはこの人も「これ、ちょっと古いんじゃないかい」と疑っていたくせに、妙に嬉《うれ》しそうである。

「じゃ、いただきます」

疑う心の薄い只次郎から先に箸《はし》をつけた。

「あ、旨い!」と、意外そうに目を見開く。

升川屋もようやく箸を取り、少量を口に含んだ。その頬がじわりと緩んでゆく。

「昆布締《こぶじ》めにしてみました」

手応《てごた》えに満足して、お妙は微笑む。

「上方ではよく、白身魚をサッと昆布で締めて出しますから。それをふと思い出したんです」

新鮮な白魚とはいえ、酒を欲する客が来るのはどうしても夕方以降になる。ならばその間の刻《とき》を使って、より旨くできないものかと考えた。

数刻のうちに昆布が白魚独特の苦みを吸い取り、反対に白魚には昆布の旨みが染みてゆく。締めた昆布はもったいないので細く刻み、白魚と和えてみた。

「こりゃ旨い。そのままで食うよりいいかもしんねぇ」

言葉以上に升川屋の感動は、箸の動きでよく分かる。

「春菊と合わせてかき揚げにしようかとも思ったんですが――」

「それも食いたいです！」

只次郎が勢いよく顔を上げた。もはや満腹であろうご隠居までが、「私も」と頷いている。

「では次に白魚が入ったら、かき揚げにしますね」

「いや、半分はかき揚げで、もう半分は昆布締めでお願いしますよ」

「かしこまりました」

ご隠居の細かい注文にも笑顔で返す。嬉しいことだ。それだけ昆布締めを気に入ってくれたのだろう。

「上方の料理にはお詳しいんで？」

白魚の旨みと昆布の粘りを辛口《からくち》の酒で流しつつ、升川屋が尋ねてくる。

お妙はお勝を横目に窺《うかが》った。

お勝はだるそうに床几《しょうぎ》に腰かけ、煙管《きせる》を吹かしはじめている。こちらの話を聞いてはいるが、割り込む気はないようだ。

「十《とお》になるまで、実は上方にいたんですよ。言葉はすっかり抜けてしまいましたけど、味はたまにふっと思い出すんです」

「そうだったんですか。お妙さんのもの柔らかさは、そこからきてるんですね」

酔いが回ってきたのか、只次郎の首がほんのりと赤い。好意を隠せぬ男である。

「私はなんとなくそんな気がしてましたよ。いいもんだね、東男に京女ってのは」

ご隠居はご隠居で、そんなふうに余裕ぶる。お妙のことについては只次郎より先んじていたいようである。

「いいえ、京ではなく堺《さかい》なんです」

「それがまた、なんで——」

なんで江戸に、と続けるつもりだったのだろう。

ところが只次郎の声は、盃を置いてがばりと頭を下げた升川屋に遮られた。

「お妙さん、お願いだ」

「いやだ、どうなさったんですか」

お妙が顔を上げさせようとうろたえる。升川屋は耳を貸さずに先を続けた。

「どうか、うちの女房が食える料理を作っちゃくんねぇか！」

さすがのお勝もこれには驚いたようで、立ち上がってこちらを見ている。

お妙はお勝と目を見交わして、困ったように首を傾《かし》げた。

三

居酒屋『ぜんや』は昼餉《ひるげ》の客のために、朝四つ半（午前十一時）ごろに店を開ける。

さっそく顔を見せるのは、裏長屋のおかみ連中である。

亭主の留守に一人分の膳《ぜん》を拵えるのも面倒だ。お妙とは女同士の気安さもあり、「ちょいとこの鍋に、湯豆腐でも入れとくれよ」とやって来る。

ついでにお菜を二つ三つ買って帰り、あたかも自分が作ったように、夕餉に出すこともあるようだ。お勝に「とんだぐうたらだ」と悪態づかれているが、そのお勝とて余ったお菜を持ち帰っているのだから、人のことは言えまい。

「ああ、冷えるねぇ。寒い寒い」

今日の客は左官の女房のおえんである。むっちりと肥えた女で、寒いと言うわりに衿《えり》の合わせがゆったりしている。

「そういやこないだ言ってた矢場の女、お妙ちゃんの言うとおりアタシの勘違いだったわ」

大きな声でからからと笑う。気風《きっぷ》がよくて楽しい女だが、悋気《りんき》の強いのが難である。

先日も、神田明神下の矢場女と亭主がいい仲ではないかと疑っていた。というのも、神田明神の末社の仕事と言いながら、亭主が矢場に入って行ったからである。

矢場女は矢を拾うだけでなく客も取る。そういうところに入ったのを見たと、わざわざ言いつける者も浅はかだが、すぐ真に受けるおえんはもっと軽率だ。

あのときは「帰って来たらとっちめてやる」と、顔を真っ赤にして怒っていた。

「なんでも、矢場の内壁を塗る仕事だったんだってさ。左官仲間に聞いたんだから、確かだよ。アタシが変に勘繰らないようにと嘘《うそ》をついたのが、仇《あだ》になっちゃったんだね」

「そうでしょう。大事な仕事道具を持ってそんなところに出入りするなんて、やっぱりおかしいもの」

納豆汁を作ろうと、お妙は擂鉢《すりばち》で納豆をあたっていた。その手をいったん止めて、おえんのために豆腐を切る。

料理ができるまでの、女同士の無駄話がささやかな楽しみだ。男衆の相手をするときよりも、気が寛げる。

「あの亭主のご面相なら、心配しなくてもモテやしないよ。なのにアンタときたら、尻《しっ》尾《ぽ》振った道端の雌犬にまで焼き餅《もち》を焼きそうだ」

「はん。人様の擂粉木《すりこぎ》を、勝手に拝借しようって女がいるからいけないのさ」

お勝の悪態にも、おえんは平然と言い返す。鼻を鳴らして、擂鉢に寝かせてある擂粉木を顎《あご》でしゃくった。

「ちょっと、おえんさん」

「後家のくせに、変なところ初心《うぶ》だよねぇ」

顔を赤らめたお妙をからかって、おえんは愉快そうに笑う。

その悪ふざけが癇《かん》に障ったのだろう。お勝が床几に寄りかかり、腕を組んだ。

「そうだね。どうせこの子は悋気を起こす相手もいない後家さ」

「あ。やだね、アタシったら配慮がなくて。ごめんよ、お妙ちゃん」

決して悪気はないものの、口が過ぎる人はどこにでもいる。お妙は「いいえ」と頭を振り、切った豆腐を湯に放った。

「そろそろ一年だっけ？　早いねぇ」

おえんもまた、感慨深げに目を伏せる。

「あの日の朝は、アタシたちも驚いたよ」

お妙はなにも言わず、大根の切り口に鷹《たか》の爪《つめ》を差し込んで、もみじおろしを作りはじめた。

あの身も凍るほどの朝。神田川に土左衛門が浮いたという報《しら》せに、お妙は取るものも取り敢えず家を飛び出した。

というのも古い知り合いに会うと言って夜に出かけたっきり、良人の善助がついに帰らなかったからである。

ひと晩くらいなんだと笑われるかもしれないが、そんなことはかつてなく、お妙はまんじりともせず帰りを待っていた。息を切らして和泉《いずみ》橋の船着き場に駆けつけてみれば、筵《むしろ》に横たえられていた仏は顔が膨れて定かでなくとも、間違いなく善助であった。歯の並び、耳の形、膝《ひざ》に残る古い傷。お妙には分かった。各部位の小さなしるしが、良人のものだった。

その口から毛穴から、強い酒のにおいがしていた。同心の見立てでは、酒に酔って橋から落ちたのだろうという。

水をずいぶん飲んでおり、膨れた胸を押すと多量に吐いた。さだめし苦しかったであろう。

「お妙ちゃん、もう充分だよ」

おえんに声をかけられて、我に返った。大きな鉢にこんもりと、もみじおろしができていた。

「アンタもさ、まだ若いんだから、元気出しなよ」

この一年、ことあるごとにそう言われてきた。そんなおせっかいな励ましに、もうなにも感じなくなっている。

おえんが持ってきた土鍋に温めた豆腐を入れ、もみじおろしを添えてやる。「ありがと」と蓋《ふた》を閉め、去り際におえんが言った。

「そういや昨日、このへんでお妙ちゃんのこと聞き回ってる男がいたよ。武家の下男風だったけど、アンタまた誰かに惚《ほ》れられたんじゃないの」

「はぁ」と、お妙は気のない返事をした。

パチパチと薪《まき》が爆《は》ぜ、ぐらぐらと湯が煮える。

おえんが帰ったあとは、なにげない音がやけに大きい。

この大量に余ったもみじおろしはどうしてくれよう。

呆然《ぼうぜん》と立ち尽くしていると、お勝が見世棚に並べた料理の皿から、膾《なます》をひょいとつまんで口に入れた。

「いやだ、お勝ねえさん」

お勝の不作法を諫《いさ》めて笑う。かつて塞ぎ込むお妙に「嘘でも笑ってりゃ、そのうち気持ちが追いついてくる」と教えたのは、この愛想のない女である。

「升川屋からの依頼、受けるのかい？」

「どうして？」

「だってほら、これ」

そう言って、お勝が膾の皿を指差した。具は細切りにした大根と干し柿である。

「アンタ江戸に出て来たばかりのころ、こればっか食ってたじゃないか」

升川屋が女房に料理を作ってくれと頭を下げたのは、三日前のことだった。灘から嫁してきたというご新造、名をお志乃《しの》というらしいが、江戸のものが口に合わず、みるみるやせ細って可哀想《かわいそう》なほどだという。

「食えるのはせいぜい飯と香の物くれぇのもんで、味噌汁やすまし汁すらいけねぇ。味が濃いと言うから薄くすりゃ、今度は深みがないと言う。少しずつ江戸の舌に慣らしてやりてぇとは思うが、どうすりゃいいものか」

菱屋や升川屋ほどの大店ともなれば、ご新造が直接台所に立って包丁を振るうことはない。親元でもそのつもりで、料理を仕込んではいないのだろう。だからお志乃自身にも、味つけをどう変えればいいのか分からないのだ。

「醬油も味噌も、上方のものとは違いますからね。味の染み込む煮物や汁は、特に慣れないと思います」

お妙も江戸に来たばかりのころは、醬油の味があまりしない膾ばかり食っていた。特に大根と干し柿の膾は、まだ子供だったこともあり、その甘みを喜んだものだ。

おそらく、とお妙は頭をひねる。

灘の酒といえば伊丹《いたみ》や池田といった古くからの酒造区域に比べて新来だが、港が近いこともあり、ほんの三十年ほどで江戸に下る酒の約半分を占めるまでになった。

ところが昨今の締めつけ厳しいご政道は、江戸の金が他所《よそ》に流れるのを嫌い、上方、特に灘の酒の入津量を制限するようになってしまった。さらに今年になってからは、江戸周辺の地廻《じまわ》り酒を奨励し、関東上酒御免酒というのを試作しはじめている。

この幕府肝入りの試みが成功すれば、灘の造り酒屋にとっても下り酒問屋にとっても、大きな痛手である。ご隠居が「灘も今さら、江戸との繋がりを失うわけにはいきませんしね」と言ったとおり、ここでしっかりと手を組んでおく必要があったはずだ。

家同士の繋がりを強くする手段は婚姻と、昔から相場が決まっている。家が大きければ大きいほど、本人の意思とは関係なしの縁組になるものだが、それにしても寄るかたない江戸に遣《や》られて、お志乃はさぞ心細い思いをしているだろう。

その心中を思えば、手を貸してやりたくもなる。

だがお妙は、ゆっくりと頭を振った。

「升川屋さんほどになれば、もっと相応《ふさわ》しい料理屋があるはずだもの。うちみたいに小さな居酒屋が出しゃばることではないわ」

升川屋に断りを入れたのと似た文句を繰り返し、お妙は中断していた作業に戻ろうと、擂粉木を手に取った。ねばねばと糸を引く納豆を、根気よくすり潰す。

「だけど升川屋からは、もう少し考えてくれと言ってきてるじゃないか。本当に困ってんじゃないのかい」

「そうかもしれないけど――」

「なにを遠慮することがあるんだい。お上の締めつけのせいで百川《ももかわ》も山藤《さんとう》も葛西太郎《かさいたろう》も、いまいちパッとしないっていうじゃないか」

お勝が挙げたのは、どれも評判のあった料理茶屋である。だがそんな通人の通う店と『ぜんや』を同列に語られても困るのだ。

「お勝ねえさんは、お受けしたほうがいいと思うの？」

「いい悪いじゃなく、アンタずっと迷いながらこの店やってんだろ。気働きも料理もいいのに、アンタにゃ自信が足りないよ」

痛いところを突かれてお妙は口を閉ざした。

善助と共に店を切り盛りしていたころは、酔客のあしらいや金勘定、苦手なことはすべて良人がやってくれた。お妙はただ、好きな料理のことだけ考えていればよかったのである。

なのに頼みの善助に先立たれ、お妙は屋根につかまったまま足場を外されたような心境だ。必死にしがみついていないと落ちてしまう。自信など持てるはずがない。

だがいつまでも下を向いているわけにはいかなかった。

「ごめんください」と声をかけて、女が一人入ってきた。

「はい、おいでなさいまし」

声の抑揚が上方風だ。訝《いぶか》りながら、面を上げる。

揚げ帽子を被《かぶ》った若い女だ。

やや面やつれしてはいるが、控えめな化粧が初々しく、上品な鴇浅葱《ときあさぎ》の留袖《とめそで》がまだしっくりきていない。裕福な商家のご新造らしいが、実にいとけなく可憐《かれん》である。

「お妙さんゆうのは、あんさんですか」

お妙は「ああ」と声を上げそうになった。この見かけに上方訛《なま》り、おそらく升川屋のお志乃だろう。

「お嬢《とう》は――ご新造はん。あきまへん」

そのお志乃に、息を切らして追いついたお付きらしき女中が取りすがる。

こちらも上方の女のようだ。「ご新造はん」という呼び名にまだ慣れず、「お嬢はん」と呼びかけてしまうあたり、主の実家からつき従って来たのだろう。

歳はお志乃より、二つ三つ上だろうか。

「ええ、妙は私ですが」

なんだかよく分からないが、可愛《かわい》らしい主従を落ち着かせようと、お妙はつとめて穏やかに微笑みかける。だが、それがいけなかった。

「なにがおかしいのん！」

お志乃が声を張り上げて、こちらに詰め寄ろうとする。その体を後ろから羽交い締めにして、女中が必死に踏ん張った。

それでも調理場に近づいたぶん、においが鼻についたのだろう。お志乃が眉間《みけん》に皺《しわ》を寄せる。

「いやや、なにこのにおい」

お妙は擂鉢の中を見下ろして、しまったと額に手を当てた。

「なにって、納豆じゃないか。上方にはないのかい？」

一日一度は納豆を食わねば気がすまないというお勝が口を挟む。納豆は江戸っ子の大好物である。

「いいえ、上方でも納豆汁はよく食べます。でもたしか、造り酒屋に納豆はご法度なんですよ。納豆の中に含まれるなにかが、お酒の味を変えてしまうんですって」

「なにかって、ただの大豆だろう」

「この粘りに秘密があるのかもしれませんよ」

日ごろから食べつけていない者にとって、このにおいは悪臭だろう。せっかく前に出たというのに、お志乃は二、三歩後退《あとずさ》った。

その距離からキッとお妙を睨《にら》みつけてくる。

「なんやの。あんさん、うちが誰かもう分かってるんやろう？」

「ええ。升川屋の、ご新造様」

「せやのになんで笑うてられるの。うちのこと、見縊《みくび》っておいでなんか」

「なんのことでしょう」

身に覚えのないことで、お妙は首を傾《かし》げるしかない。

「とぼけんといて。江戸の女なんか、納豆みたいにネバネバや。ほんまもう嫌。江戸の醬油臭い食べモンも、地味な着物も、だんさんも、大っ嫌いや」

ぽかんとするお妙の前で、お志乃はついに顔を覆って泣きだしてしまった。近づいて慰めようにも、おそらく体に納豆のにおいがついてしまっているだろう。

「お嬢──ご新造はん、ほら、帰りまひょ。駕籠《かご》を呼んでありますから」

躊躇《ちゅうちょ》しているうちにお付きの女中が、お志乃をなだめて外へと促す。

お志乃は「江戸の駕籠も嫌いやぁ」と泣きながら、背中を押されて出て行った。最後に女中が申し訳程度に頭を下げる。お妙も合わせて会釈を返した。

「なんだったんだい」

昼間っから、立て続けの騒々しさである。

「さぁ。なにか思い違いがあるようで」

お志乃がお妙に抱いていたのは、あからさまな敵意だった。

どうしたことかと訝りつつ、お妙は手元に目を落とす。「人様の擂粉木」云々《うんぬん》という、おえんのあけすけな言葉がふと頭によぎった。

なるほど、そういうことか。

升川屋夫妻の悶着《もんちゃく》は、どうやら食だけに留《とど》まらぬようだ。

「えっ、升川屋さんですか。ええ、そりゃあのご面相ですから、浮いた話もあるでしょうが」

鼻の下を長くしてお妙の酌を受けていた只次郎が、額に皺を寄せて見上げてくる。

夕刻になりふらりと現れたこのお侍は、お大尽の連れがあれば小上がりに座るが、一人のときは床几を好む。そのほうが調理場で立ち働くお妙に近いからである。

「まぁそれでも、綺麗《きれい》なつき合いをしていたようですよ。いまだに切れてない女はいないんじゃないでしょうか」

なるほど升川屋喜兵衛、そのあたりも如才がないらしい。後々の面倒になるような女には、はじめから手を出さなかったのだろう。

「どうしたんですか、突然そんなことを聞いて。あっ、もしかして升川屋さんに惚れちゃったんじゃ」

一人早合点をして、焦りだす只次郎。だがお妙は耳を貸さず、口元に手を当てて考える。

しょうがない。料理のことだけなら他に適した人もあろうが、行き違いがあるなら解きほぐしておかねばなるまい。

「あの、お願いがあるのですが」

「はい、なんでしょう」

好いた女に頼られて、いい気のしないわけがない。只次郎は喜色もあらわに返事を返す。

「お暇のあるときに、ぜひお食事にいらしてくださいと、升川屋さんにお伝えいただけますか」

「えっ、じゃあやっぱりお妙さんは升川屋に――」

「ご新造様もご一緒に、と」

「あ、はい。そういうことですか、よかった」

只次郎はホッとしたように胸を撫で下ろし、納豆汁を旨そうに啜った。

四

お妙が只次郎に頼みごとをした前日の、十一月六日に大坂と西宮の港からそれぞれ漕《こ》ぎ出した新酒の番船が、江戸に着いたのは十日のこと。栄えある一番船の入津をひと目見ようと、新川沿いと橋の上には見物の客が押し寄せたそうだ。

その騒動の波も鎮まり、やっとひと息つけたであろう頃合いに、升川屋が妻のお志乃を伴って『ぜんや』を訪れた。

「ようこそ、このようなむさ苦しいところまでおいで願いまして」

升川屋喜兵衛に続いて入ってきたお志乃に、初対面のふりをして腰を折る。そんなお妙を一瞥《いちべつ》し、お志乃はふくれっ面で押し黙っている。

「どうぞ、こちらへ」と、お妙は二人を小上がりに導いた。

昼餉の時刻をやや過ぎており、他に客はいない。

お志乃のために考えた献立を食いたいと、菱屋のご隠居と只次郎がむずかっていたが、来るなら夕方にと言い含めておいた。家では姑《しゅうとめ》や使用人の目もあろうから、二人で寛げる場を作ってやりたかったのだ。

「ほら、足元気をつけな」

小上がりの段差で、升川屋がお志乃に手を差し伸べる。

お志乃は先ほどのむつけた顔はどこへやら。「あっ」と耳まで赤く染め、うつむいて手を引かれている。

「いや、今日はすまないね。でも引き受けてくれて助かった。実はその前からお妙さんのことは、こいつに話してあったんだがね」

夫婦はやや内向きに、並んで座った。升川屋が挨拶《あいさつ》を述べる間、お志乃がしきりに目配せを寄越してくる。

良人の話を聞いて真っ直ぐ『ぜんや』に乗り込んできたことについては、家中が新酒で忙しかったこともあり、まだばれてはいないらしい。

「いいえ。こちらこそなかなか色よい返事ができず、申し訳ございません。けれどもこの度は初々しいご新造様にお目にかかれて、喜んでおります」

笑顔で返すお妙に、告げ口される気遣いはないと悟ったのだろう。お志乃はわずかばかり肩の力を抜いて、被っていた揚げ帽子を取った。

そうやってちんまり座っていると、京人形のように愛らしい。升川屋に話しかけられるとすぐ真っ赤になり、注意が逸《そ》れるとたちまちお妙を睨みつけてくる。

その変わり身すら微笑ましい。家のための結婚とはいえ、いざ輿《こし》入れしてみると升川屋喜兵衛の男ぶりに、お志乃は心を奪われてしまったのだろう。

大店の箱入り娘である。恋と呼べるようなものは、これが初めてかもしれない。相手が出会ったばかりの良人というのは、幸か不幸か。

有頂天になったのもつかの間、こんないい男に自分以外の女がいないはずはないと、悋気の虫が湧《わ》いてくる。上方から嫁いできたのだから、なおのこと。江戸の女ほど良人の気持ちをくみ取ってやれぬという引け目が、疑う心を強くする。

そんな折に、お妙の名が升川屋の口から出たのだ。おのれ余所《よそ》の後家に店を持たせていたかと、生一本なお志乃の頭に血が上る。

それで先日の怒鳴り込みに繋がるわけだ。この想像はおそらく間違っていないだろう。

「さ、まずはお酒を」

突き刺さる視線に気づかぬふりで、お妙はちろりを差しだした。

その笑顔にお志乃は怯《ひる》んだようである。遠慮するように身を引いた。

「いや、こいつは酒がダメでね」

「あら、そうですか。じゃあご新造様から、旦那様に注いでさしあげてください。そのほうがきっと喜ばれますから」

「おいおい、照れるじゃねぇか」

どうやら升川屋、本当に照れている。酌をするお志乃の手が緊張で震えており、危なっかしくてかなわない。

「ああっ」

手元が狂い、升川屋の袖口に酒が二、三滴零《こぼ》れた。お志乃が哀れなほどうろたえる。

「すみません、旦那様」

「いい、いい、構わねぇ。それよりほら、上方風に言ってみてくれよ」

「すんまへん、だんさん」

潤んだ瞳《ひとみ》で柔らかな上方言葉を使う、お志乃の風情は女が見ても胸がきゅっと締めつけられる。升川屋も可愛くてたまらないというように目を細めた。

「はっ、こりゃ犬も食わねぇわ」

お勝がごく小さな声で呟《つぶや》く。

惚れ込んでいるのはお志乃ばかりではないと、誰の目にも明らかなのに、当の本人は恋を知ったばかり。大切にされているという実感よりも、不安に目が向いてしまうのだろう。

「お口に合うかどうか分かりませんが」

そう断って、お妙は定番の青菜の和え物を供した。

これなら醤油洗いはしてあるが、生姜汁が利いていてさっぱりと食せるはずである。

酒とは違い、醤油と味噌は地廻りのものが成功して多く出回っている。上方からの下り物がないわけではないが、地廻り物の倍ほどの値だ。

お志乃はこれから江戸に馴染んでゆかねばならぬ身である。ゆえに下り醤油、下り味噌は使わぬことにした。

「ほら、食ってみな。うめぇぞ」

こんな女の作ったものは意地でも食べたくない。お志乃の目がそう言っている。だが升川屋に勧められると急にしおらしくなり、小さく頷いて箸を取った。

「あれ、おいし――」

そう言いかけて、はっと口元を押さえる。

「だろ？」

升川屋は嬉しそうだ。

「お妙さん、どしどし持ってきてくんねぇ」

「はい、ただいま」

次もまた定番の里芋である。だが煮ころばしにすると味が染みすぎてしまうので、味噌を塗って田楽にした。

汁にすると抵抗のある食い慣れぬ味噌も、田楽味噌や舐《な》め味噌にすればそれほどでもなかろう。

お志乃ははじめ、色の濃い珍奇な味噌を、箸の先でちょんと突いて躊躇していた。だが升川屋が見守っているため、いつまでも迷っているわけにはいかない。

覚悟を決めてほんの少量を切り分け、口へと運ぶ。

「江戸甘味噌といいます」

お志乃が驚いたように目を丸めるのを見て、お妙が解説を加えた。

「甘くて深みがあるでしょう。色はまったく違いますが、京の西京味噌を手本に作られた味噌ですよ」

聞いているのかいないのか、お志乃はなにも答えない。だが次のひと口はさっきよりずっと大きい。

じっと様子を窺《うかが》われても食いづらいだろう。お妙は調理場に引き返し、平皿に手早く料理を盛りつける。

ここまでの感触は悪くない。このまま上手《うま》くいけばいいのだが。

「こちらは鱈《たら》の昆布締めです。醤油か柚子《ゆず》塩でお召し上がりください」

そう言って次の皿を差し出すと、升川屋は「ほう」と顎をしごいた。

「今日は白魚じゃねぇんだな」

「ええ。鱈のいいのが入りましたから」

海の深いところでじっくりと肥え太り、初雪の降るころに出回る鱈は、身が水っぽく淡泊なので昆布締めに適した魚だ。

水気を吸われたぶん昆布の旨みが染み込んで、その身はつやつやと飴色《あめいろ》に輝いている。

「ああ、本当だ。こりゃうめぇ。鱈がぷりぷりしてやがる」

飲めないお志乃の手前、酒は控えめにしていたらしい升川屋が、たまらずキュッと盃を干した。お志乃が健気《けなげ》にちろりの酒を注ぎ足してやる。

「ありがとよ。ほら、おめぇも食いな」

お志乃にとって昆布締めは、特別珍しいものではなかろう。だが柚子塩で食べたのははじめてらしく、頬を窪《くぼ》ませてうっとりしている。

柚子塩は皮を干して粉にし、荒塩と混ぜたものだ。昆布締めの旨みを引き立てて、すっと鼻に抜けてゆく。

その爽《さわ》やかな風味を楽しむうちに、ふいに険を冒す気になったのだろうか。お志乃がついに鱈の身を、醤油の小皿に軽く浸した。

「あれ、なんで」

口に入れてしまってから、己の振る舞いに驚いている。

さっぱりとしているだけに、柚子塩だけでは食べ進むと物足らなくなってくるのだ。そこで醤油の出番である。

鱈の身は醤油に濡《ぬ》れて、ねっとりとした口当たりに変わっただろう。

「関東の醤油も、つけ醤油にするとおいしいでしょう」

色は薄いが塩気の強いうすロ醤油より、まろやかな濃口醤油のほうが生の魚には合うのである。

こうやって少しずつ、食えそうなものから慣れていけばいいのだ。

「お口直しに」と、続けて出すのは大根と干し柿の膾。

「厭味やわ」

その小鉢を見下ろして、お志乃がぽつりと呟いた。

「えっ?」

「あんさん、うちを前にして、なんでそんなににこにこしていられるのん」

こちらはすでに涙声。お妙の如才なさに、大いに傷つけられたようである。

「料理が上手《うも》うて気が利いて、おまけに美人やなんて、ほんま厭味やわ」

升川屋を前にして、言わなくてもいいことまで口にしてしまう。この子はまだ幼いのだ。

「おいおい、なにを言いだすんだよ。お妙さんは、おめぇのために——」

「だんさんかて、造り酒屋の娘のくせに酒も飲めん、江戸にも馴染めんうちなんかより、この人のほうがええんでっしゃろ」

お志乃はついに、顔を覆って泣きだしてしまう。

その手を取って開かせ、升川屋がお志乃を覗き込んだ。

「おいまさか、俺とお妙さんの仲を疑ってんのか」

動揺のあまり、升川屋の声が荒くなっている。お志乃の膝に、はたはたと涙が降りかかった。

「泣くんじゃねぇよ。この人とは、ほら、鶯飼いの変わったお侍がいるだろ、あの人に連れて来られてついこの間会ったばかりだ。おかしな悋気を起こすんじゃねぇ」

今度は嚙んで含めるような柔らかな声。大いに慌てふためいて、せっかくの色男も台無しである。

だが高ぶっているのは二人だけ。お勝などは床几に座り、白けてあくびを嚙み殺している。

悋気は女のたしなみとも、七つ道具ともいう。好いた女に焼きもちのひとつも焼かれないのは寂しいものだ。その点、升川屋は果報者といえるだろう。

お妙も一度だけ、良人に悋気を起こしたことがあった。古い知り合いに会うと言って出かけたまま、待てど暮らせど帰らなかったあのときだ。

古い知り合いとは、もしや女ではないかと気を揉《も》んで、眠気すらささなかった。今でも思う。悋気に目を曇らされず、なにかあったのではないかと外へ探しに出ていれば、善助が溺《おぼ》れ死ぬこともなかったのではないかと。

きっとこの後悔は、一生ついてまわるのだろう。

「なぁ、お志乃。俺がどんだけお前のことを、心配したと思ってんだよ」

お志乃は案外しぶとい。升川屋が言葉をつくしても、恥ずかしいのか情けないのか、なかなか顔を上げようとしない。

差し出口とは知りながら、お妙はにっこり笑って口を挟む。

「そうですよ。升川屋さんははじめて会う私なんかに、頭まで下げてお願いなさったんですから」

「お、お妙さん」

夫婦とはいえ、まだ格好つけていたい新婚だ。升川屋が余計なことを言うなとばかりに声を上ずらせる。

だがお志乃は瞳に涙を溜《た》めたまま、「ほんまに？」と良人を見上げた。

「うちのために、ほんまにそこまでしてくれましたん？」

ほんのり赤らんだその顔は、子供っぽく見えて妙な色気がある。

これには升川屋も降参だ。「嬉しい」と微笑まれ、照れ隠しに頰を搔《か》いた。

「あと、これは私の見立てなんですが」

お妙は朗らかさを装って、さらに余計な世話を焼く。

「ご新造様の食が細かったのは、江戸のものが合わなかったというだけではないと思いますよ」

升川屋が案じ顔で妻を見遣った。

当のお志乃も懐紙で涙を押さえ、きょとんとしている。

「おそらく、恋煩いではないかと」

言い当てられて、お志乃はハッと息を吞《の》んだ。右手を胸にやり、握りしめる。

「そういえば、江戸に来てからずっと、このへんがきゅうきゅう苦しゅうて」

白状してから恥ずかしくなったのか、袖で顔を隠してしまった。

その愛くるしい仕草に、升川屋が破顔する。

「なんだよそりゃ、馬鹿だなぁ」

「いや、馬鹿ゆわんといて。阿呆《あほ》てゆうて」

袖山から目だけ出して、媚《こ》びるように睨むお志乃である。

升川屋が幸せそうに、声を上げて笑った。

「ああ、痒《かゆ》い。痒いねぇ。頼むから続きは家でやっとくれ」

わざとらしく、お勝が首の後ろを掻く。憎まれ口を叩《たた》きながらも、にたにたと笑っている。

夫婦は目と目を見交わして、どちらからともなく微笑み合った。

「お妙さん、えらいすんまへん。うちの思い違いで、失礼なこと言うてしもうて」

涙をすっかり払ってから、お志乃が居住まいを正し、畳に手をつく。

心が落ち着いてさえいれば、きちんと礼儀を仕込まれたお嬢様なのだ。

「いいえ。それよりまだ鱈の蕪蒸《かぶらむ》しの用意があるんですが、召し上がります？」

「おおきに。いただきます」

お志乃が笑うと、小さな八重歯が零れる。升川屋が骨抜きになるのも納得の愛嬌《あいきょう》であった。

五

「どうぞ。器が熱いので気をつけてくださいね」

蒸し上がったばかりの蓋物を折敷に載せ、匙《さじ》を添えて出す。

冬に嬉しい蕪蒸し。蓋を取ればふわりと湯気が上がり、鼻先が美味しく湿る。

すりおろした蕪は積もった雪の見立て。匙を入れればもっちりと割れ、下に隠れた百《ゆ》合根《りね》と銀杏《ぎんなん》、それから鱒の身が顔を出す。

とろりとした葛あんは、濃口醬油を少なめにして色を抑え、塩で味を調えた。

そのまま食うもよし、山葵を溶かして風味をつけるもよし。

「ああ、あったまるぅ」

匙を口に運んだお志乃の肩から、余分な力がふうっと抜けた。

「お志乃、すまねぇ。お妙さん、急ぎでもう一合だけつけとくれ」

升川屋がそう言って、空になったちろりを振る。

「そんな、だんさん。お好きなだけ飲んでください」

温かいものを口にして、二人の仲もほぐれてゆく。どうにか上手くいったようだと、
お妙は胸を撫で下ろした。

「うう、寒い寒い。あれ、升川屋さん。まだいたんですか」

そこへいつものように只次郎が、しきりに腕をさすりながらやって来た。外はよほど冷えるのだろう、鼻の頭を赤くしている。

「おいでなすったよ、やかましいのが」

「ちょっとお勝さん、それは客あしらいとしていかがなものかと」

お勝は只次郎が相手では、もはや床几から腰も上げない。

無精というより、からかって遊んでいるのである。お勝はこの変わり者のお武家様を、それなりに気に入っているようだ。

「しかし寒いはずです。雪が落ちてきましたよ、お妙さん」

よく見れば只次郎の髷《まげ》や肩先に、水の珠《たま》が浮いていた。

「あら、本当に」

やけに弾んだ気持ちになって、お妙は店先にちょっと顔を出す。

粉雪がさらさらと、風に吹かれて舞っている。神田川沿いのいつもの景色が急に淡く見えるのは、雪雲で空が塞がっているせいだ。

子供らが歓声を上げ、商家の女中らしき女が歩みを速める。雪の勢いが強くなってきた。

この雪は積もるだろうか。

人の世の幸、不幸もひっくるめ、すべて真っ白に覆い隠して。

「お妙さん、風邪をひきますよ」

店の中から只次郎が呼びかけてくる。

「はい」と振り返りざま、目に入った。

よろけ縞《じま》の着物の袖に、雪の花が六つの花弁を開いて咲いていた。

蜘蛛《くも》の糸《いと》

平岩弓枝

平岩弓枝（ひらいわ・ゆみえ）
一九三二年東京生まれ。五九年に「鏨師」で直木賞、七九年にNHK放送文化賞、八六年に菊田一夫演劇大賞、九一年に『花影の花』で吉川英治文学賞、九八年に菊池寛賞、二〇〇八年に毎日芸術賞を受賞、一六年に文化勲章を受章。著書に『日本のおんな』『平安妖異伝』『西遊記』、「御宿かわせみ」「はやぶさ新八御用帳」シリーズなど多数。

一

夜明け前に降った雨は、陽が上る頃には止んでいた。

あたたかな朝である。

朝餉《あさげ》の仕度をととのえて、るいが居間へ戻ってみると、東吾《とうご》は庭に出ていた。

もう、花の散ってしまった梅の木の前に立って、枝ぶりでも眺めているような恰好である。

「そんなところで、なにをなさっていらっしゃいますの」

縁側から声をかけると、子供のような顔付で戻って来た。

「蜘蛛が巣を作っているんだよ、まだ糸を張り出したばかりで、みているとなかなか面白い」

庭下駄を脱いで、居間へ上った。

「考えてみたら、もう啓蟄《けいちつ》を越えていたんだな」

暦の上では、土中から虫の這《は》い出る季節であった。

「なにを、そんなに感心していらっしゃるんですか」

まず、朝の茶に梅干を添えて出しながらるいが笑った。

「いや、俺も人並みに、一年が早いと思うようになったらしいんだ」

旨《うま》そうに、茶を飲んでいる東吾の表情は、いつもの通りで、格別、屈託している様子はない。

「るいが、お婆さんになったとおっしゃりたいのでしょう」

年上女房は、すぐ、そっちに気が廻って、

「かわせみがお飽きになったら、無理にいらっしゃらなくてもよろしいのです」

と口先だけの強がりをいう。

「馬鹿だな。るいが婆さんなら、俺は爺さんじゃないか」

「でも、女は男よりも先に年をとります」

「ほう、そいつは初耳だ。人間は誰でも一年に一歳、年をとると思っていたが……」

「存じません」

味噌汁のいい匂いを運んで、お吉《きち》が入って来た。

「お嬢さん、どうしましょう。昨夜、お着きになった上州の足利屋さんが、姪御《めいご》さんのことで、ちょっとお話が、とおっしゃってるんですけれど……」

るいが東吾を眺め、東吾は大きく手をふった。

「行ってやれよ。俺は、飯くらい、一人で食える」

それでも、るいは御飯のお給仕だけして、あとをお吉にまかせ、居間を出て行った。

「足利屋ってのは、なんだ」

さくさくと歯切れのよい辛菜《からしな》は、この節、江戸に出廻って来たもので、元は長崎の唐人が母国から種子を持って来たという。東吾の好物の一つであった。

暮に、昆布や鷹の爪と一緒に、お吉が漬け込んだのが、今頃までなんとか食べられる。

「桐生の機屋《はたや》さんで、吉田五右衛門とおっしゃるんです。毎年今時分に商用で江戸へお出でになって、うちへお泊りになるんですが……」

今年は、姪のお信《のぶ》という娘を同行して来た。

「まだ、十五、六の、そりゃ可愛らしい娘さんなんです。口をきくとお国なまりがご愛敬で……」

「江戸で奉公したいというのかな」

「案外、そうかも知れません」

小魚の煮つけに、大根の柚味噌かけ、豆腐の味噌汁、それに食べるそばからお吉が火鉢の金網で焼いては、大根おろしをまぶしてくれる薩摩あげで、二杯の飯を東吾が食べ終えた時、廊下をるいが戻って来た。

「すみません、御膳がおすみでしたら、この人の話を一緒に聞いて下さいまし」

伴《つ》れて来たのは、ひどく子供っぽい感じの娘であった。

化粧っ気のない顔は色白で、頬が赤く、初々しい。

お吉が膳を下げ、東吾はるいと並んで、娘と向い合った。

「お信さんといいまして、お父つぁんの喜左衛門さんは上州の絹市で場造《ばづくり》をしていらしたそうですよ」

場造というのは、上州絹を仕入れに来る江戸の呉服商の買役を案内して、各地の絹市を廻り、良い品物を、必要なだけすみやかに買い付けをさせる、いわば、現地の仕入れ手伝い人のようなものであった。

従って、いい場造がつけば、その買役は良い絹織物を安く入手出来るわけで、江戸から来る買役には、なくてはならない存在でもある。

「喜左衛門さんは、三代以前から、白木屋さんの場造をつとめていらしたそうなんですけれど……」

るいの言葉に、新しくお茶を入れていたお吉が目を丸くした。

「そりゃ、白木屋さんとおつき合いがあるなら、たいしたもんじゃありませんか」

日本橋通一丁目に江戸本店をかまえる白木屋は、本来、京都の材木商だったが、初代、大村彦太郎が江戸に小間物の店を出したのが大当りして、後に呉服物に手を広げて成功した。

江戸には日本橋店の他、市谷店、富沢町店、馬喰町店があり、日本橋店だけでも奉公人が二百人を越えるという大店《おおだな》である。

うつむきがちだった娘が、顔を上げた。

涙ぐんだような表情である。

「白木屋さんには、本当によくしてもらいました。ですが……お父つぁんが歿《なくな》りまして」

訛《なまり》はあっても、言葉遣いは尋常であった。

おそらく、江戸から来る買役と話をする立場から、言葉には気をくばって来たものとみえた。

「父親が歿ったのか」

と東吾。

「はい」

「いつのことだ」

「年があけて、すぐでした」

正月五日のことだという。

「おっ母さんはお達者ですか」

とるいが訊いた。

「いえ、今年が三回忌になります」

「それじゃ、あなたの御兄弟は……」

「あたしは一人っ子です」

成程、そのあたりに事情があるのかと、「かわせみ」の連中は、顔を見合せた。

「それで御相談というのは……」

るいがうながし、お信はためらいながら、やっといった。

「白木屋さんの寅太郎さんというお人に、お目にかかりたいのです」

「失礼ですが、なんの御用で……」

その返事は、耳許まで赤くなって下をむいてしまった娘の様子で、おおよそ知れた。

「あの……そのお方……寅太郎さんとおっしゃるのは、白木屋さんの……」

「お手代です。買役で上州へみえていました」

「あなたと、なにか、約束をなさったの」

「そういうわけじゃありませんが……」

みるみる、涙が盛り上って来て、袂で顔をおおってしまった。子供のように泣きじゃくっている。

「すいません。若先生……少々、こちらに」

いつの間にか廊下へ来ていた嘉助《かすけ》に呼ばれて、東吾は部屋を出た。泣いている娘はるいとお吉にまかせるより仕方がない。

嘉助と、帳場へ出てみると、そこに郡内紬《ぐんないつむぎ》を着た初老の男が待っていた。

「吉田五右衛門と申します」

東吾をみて、丁重に挨拶《あいさつ》した。

桐生の機屋の主人である。

「姪が、こちらのお内儀さんに御厄介をおかけしまして……」

東吾は人なつこい笑顔をみせた。

「どうも、泣いちまって、わけがわからねえが、白木屋の手代といい仲になっているのか」

「それが、どの程度の間柄なのか手前にも話してくれませんので……」

途方に暮れた様子であった。

「ただ、当人は、どうしても寅太郎さんの女房になると決めて居ります」

「白木屋の手代だな」

「はい、まことによく出来たお手代衆で、手前も何度かお目にかかっていますが、若いに似ず、心がけのよいお人で……」

「色男か」

話の腰を折られて、五右衛門が苦笑した。

「それは、田舎育ちの娘が、夢中になるのでございますから……」

「ありそうなことだな」

江戸から上州絹の買い付けに来る呉服屋の手代と、その手伝いをする場造の娘と。

「俺は、呉服屋のことはなんにも知らないが、買い付けに来ると、どれくらい、地元に滞在するんだ」

東吾の問いに、五右衛門が答えた。

「春の買い付けは、二月に買役のお方が江戸からおみえになりまして、五月までかかって仕入れをなさいます」

一度、江戸へ戻った買役は六月に、又、出直して来るが、今度は春よりも長く、十月の恵比寿講に中帰りする他は、十二月まで滞在し、一年中の買宿の口銭、雑用、場造への給金などの支払いをすませて帰って行く。

「それじゃ、一年の大半を、上州で暮すようなものだな」

「はい、ですが、買宿を足がかりにして、殆ど、旅から旅でして……」

「場造というのは、いつも一緒なのだろう」

「はい」

「場造の娘といい仲になるのに、手間はかからねえな」

五右衛門が眉を寄せた。

「本気でお信と夫婦になる気持があってのことなら、よろしゅうございますが……相手の気持をたしかめようにも、手前は白木屋さんと取引がございません。なまじ、ことを荒立てては、あちらもお主持《しゅうも》ちのことでございますから……」

もの固い商家へ、若い女が手代を訪ねて行けば、それだけで、評判になりかねない。

「なんとか、寅太郎さんを呼び出して、と思いますが、取引のない者が白木屋さんの暖《の》簾《れん》をくぐるのは、なまじ、機屋だけにどうも具合が悪くて……」

五右衛門が取引をしている呉服店は、白木屋に比肩《ひけん》する大店であった。

いわば、商売仇の店へ顔を出して、ひょっとして取引先から痛くもない腹を探られては、と五右衛門は神経を使っている。

東吾がるいの居間へ戻ってくると、お信は自分の部屋へひきとったとかで、るいとお吉が浮かない顔をしている。

「どうも、気持のいい話じゃなさそうだな」

呉服屋の手代というからには、大方、のっぺりした優男《やさおとこ》だろうが、田舎娘にちょっかいを出して、娘はのぼせ上ったものの、男のほうは、真実があるかどうか、あてにならないと東吾はいった。

「ともかく、寅太郎って奴の話をきかなけりゃならねえな」

それが厄介であった。

小さな店ならともかく、白木屋のような大店になると、店の内緒が外へ知れるのを極端に嫌う。

早い話が、奉公人がつかい込みをしようが、家出をしようが、一切、お上には届けず、店の内で始末をつけるというやり方だから、奉行所にかかわり合いのある者が、迂闊に店を訪ねようものなら、まず塩をまかれて、体よく追い払われかねない。

白木屋の出入り先には大名、旗本など大身《たいしん》の武家も少くなかったし、将軍家大奥ともかかわり合いがある。

「一番いいのは、白木屋がお出入りをしているお得意先から、それとなく、訊いて頂けるとよいのですが……」

と嘉助がいう。

「るいは白木屋で買い物をしないのか」

「とんでもない。うちあたりでは、せいぜい、棚卸しのせり売りをのぞいてみるくらいですもの」

「義姉上《あねうえ》にでも、訊いてみるかな」

午《ひる》をすぎて、東吾は大川端を出た。

八丁堀へ帰るつもりが、豊海橋《とよみばし》の袂で気が変ったのは、本所の麻生《あそう》家へ行って、七重《ななえ》に訊ねてみようと思いついたからである。

麻生源右衛門《げんえもん》は西丸御留守居役、能楽や茶道をたしなむだけあって、着るものも凝っている。

麻生家の玄関には駕籠《かご》があった。

脇にひかえていた女中が、東吾をみて驚いた顔をした。神林《かみばやし》家に奉公している小間使いである。

「なんだ。義姉上がみえているのか」

気がついて、東吾はぼんのくぼに手をやった。

東吾の来たことを、麻生家の用人が奥へ取り次ぐと、すぐ七重が出迎えに来た。

「私が、お姉様をお呼びしましたの。父の紋服《もんぷく》を見立てて頂きたかったものですから……」

思いがけないことで、東吾は少しばかり調子づいた。

「すると、呉服屋が来ているのか」

「はい」

「まさか、白木屋ではないだろうな」

「どうして御存じですの」

「白木屋か」

「祖母の代からですもの」

「そいつは、好都合だ」

居間の外には、義姉の香苗《かなえ》が待っていた。

「なにか、急な御用でも……」

気づかわしげな表情である。

「いや、そうではありません。全くの偶然です。七重どのに、呉服物のことで智恵を借りに来たところです」

「なんでございましょう」

と七重が神妙に訊く。

「いや、源《げん》さんに頼まれたことなんだ」

流石に、ここで「かわせみ」の名前は出しにくかった。

女二人に、もったいらしく目くばせをして、東吾は居間へ入った。

次の間に、呉服物がひろげられていて、すみのほうに、如何にも呉服屋の手代といった感じの男が小さくなってお辞儀をしている。

「お初にお目通りを致します。手前は白木屋の手代で徳之助と申します」

東吾は、ざっくばらんに手をふった。

「どうも、商売の邪魔をしてすまなかった。義姉上も、七重どのも、手前にかまわず、お見立てを続けて下さい」

　香苗がちょっと義弟の顔をみるようにしたが、東吾がうなずくのをみて、

「それでは、お父上のお着物から決めましょうね」

　と妹をうながした。

　どうやら、利休茶の結城紬と陰萌黄《かげもえぎ》色のと、どちらにするか、決めかねていたところらしい。

「東吾様の御意見をうかがいましょうか」

　七重が東吾に相談し、東吾はまじめくさって、二反の紬を眺めた。

「義父上《ちちうえ》なら、やはりこちらではありませんかね」

　東吾が手を出したほうへ、手代が満足そうに同調した。

「そらもう、季節から申しましても、陰萌黄のほうが一段と引き立つように思います」

「では、父上のはそちら……義兄上《あにうえ》様と東吾様のは、こちらでしたね」

　七重が悪戯っぽくみせたのは、藤納戸《ふじなんど》色と深山納戸《みやまなんど》色で、それはもう決っていたらしい。

「手前はいいですよ。兄上はともかく……」

「いいえ、旦那様から、東吾様のも新調するようにといわれましたの」

「それでは、手前が義姉上と七重どののを見立てましょうか」

およそ、呉服物を見立てる時ほど、女心の浮き立つものはないらしく、香苗も七重も、賑やかに声を上げ、目をこらして、手代の広げる美しい反物に見入っている。

それが一段落して、お茶が運ばれてから、呉服物を片づけている手代へ、東吾はそれとなく訊ねた。

「白木屋の店には、手代が何人ぐらい居るのだ」

徳之助は行儀よく仕事の手を止めて答えた。

「只今のところ、日本橋店では百人の余も居りましょうか」

「多いな」

「その他、子供、男衆を加えまして、二百人には、いくらか欠けましてございます」

子供というのは丁稚《でっち》で、男衆は雑用係のようなものである。

「それらが、常時、店に起居しているのか」

「いえ、田舎役と申しまして、手前共では水戸、銚子、上州、甲州、相州のお得意相手をする者は盆暮には掛取りに廻らねばなりませんし、その他には買役と申しまして、仕入れのために出かける者もございます」

「その買役だが、上州のほうへ参る者は決って居るのか」

「大方の手代が、五、六年から七、八年は買役を致します」

「寅太郎と申す手代だが……」

「その者でございましたら、四年ほど前から上州絹の買役を致して居りますが……」

「俺の知り合いのところへ、桐生の機屋の主人が来ているのだが、先頃、歿った上州の買宿の場造で喜左衛門と申すのが、大層、寅太郎の厄介になったとか申して居った」

「場造の喜左衛門さんなら、手前もよく存じて居ります。お気の毒に、昨年の夏頃から体を悪くなさったようで……」

「喜左衛門の家族の者が出府して居るのだが、寅太郎に礼をいいたいと申して居る。会わせる手だてはないか」

「喜左衛門さんの家族のお方でございますか」

「父親の形見に、なにかもらってくれないかということらしいが、白木屋へ参るのはまずかろう」

「左様でございますな」

　徳之助が、そっと東吾を見上げた。

「そのお方は、只今、どちらに……」

「深川の長寿庵と申す蕎麦《そば》屋に厄介になっている」

　ここでも、東吾は「かわせみ」の名を出さなかった。

「堅気の奉公人が私用で店を空けるのは難しかろうが……」

「はい、ですが、手前がそれとなく話してみますでございます」

「寅太郎とは、親しいのか」

「手前とは、同じ近江国の出身でございまして、隣の在でもございます。同郷でございますから、なにかにつけて相談相手になって居りますので……」

「それはよかった。何分、寅太郎の迷惑にならぬように、たのむ」

「心得ましてございます」

商いの礼を述べて、徳之助が帰ってから、東吾は兄嫁の供をして八丁堀の屋敷へ戻り、その足で、畝源三郎《うねげんざぶろう》のところへとんで行った。

「かわせみ」へ泊っているお信の事情を話し、白木屋の手代、徳之助から深川の長助《ちょうすけ》のところへ連絡があったら、至急「かわせみ」へ知らせてくれるように頼むと、源三郎は承知して、すぐ、深川へ出むいて行った。

待つこと二日。

八丁堀の道場で、組屋敷の子弟に稽古をつけている東吾を、源三郎が呼びに来た。

「長助の店へ、白木屋の手代、寅太郎と申すものが来たそうです。手前は、これから行きますが……」

「先に行ってくれ。稽古が終り次第、長寿庵へ行く」

半刻《はんとき》(一時間)遅れで、深川へ東吾が行ってみると、店先に源三郎と長助が腰をかけていた。

寅太郎は、深川にある白木屋の蔵屋敷へ用足しに行っているといった。

「それを口実にして、出て来たそうです」

源三郎が少しばかり困った顔でいった。

「寅太郎に、お信のことを訊ねてみたのですが……別に、これという関係はないと申して居るのです」

上州には毎年、買役として出張し、喜左衛門とも昵懇《じっこん》だし、娘のお信も知っているが、浮いた話などはしたこともないといい切ったという。

「やがて、寅太郎がここへ戻って来ますので、東吾さんからもお訊ねになるといいと思いますが、どうも、嘘をいっているようにはみえません」

ひょっとすると、お信の片想いではないかと、こうした事件に馴《な》れている源三郎がいい、東吾も首をひねった。

たしかに、お信は寅太郎といい仲になったとは話していない。ただ、寅太郎の女房になりたいと江戸へ出て来たと申し立てたばかりである。

「寅太郎って手代は、なかなかの男前でござんすから、田舎娘が、ぼうっとなって追いかけて来たんじゃございませんか」

と長助までがいった。

そこへ寅太郎が入って来た。

成程、男前だが、のっぺりした二枚目ではなく、地方廻りをしているせいか、体つきもがっしりしていて、浅黒い顔に、眼許のさわやかな若者である。

「どうも、お手数をかけましてございます」

改めて挨拶をしてから、

「お信さんはお父つぁんをなくされて、まことにお気の毒に存じます。けれども、手前はこちらの旦那方にお訊ねを受けましたような、お信さんに対して、みだりがましい振舞をしたことは只の一度もございません」

やや、蒼ざめていった。

「お前は、白木屋の買役として上州へ行った折に、場造の喜左衛門の世話になっていたんだな」

「左様でございます。喜左衛門さんには一方ならぬ御厄介になりました。ですが、それは、手前一人ではなく、白木屋から参る手代は、みな、喜左衛門さんの宰領で絹の買い付けをして居りましたので、それはお店のほうもよう、御承知でございます」

数年前から、白木屋では喜左衛門に対して場造の給金の他に、年に五両の手当を出すようにしているといった。

「お前が喜左衛門と一緒に仕事をしていて、特に、お信から礼をいわれたことはないか」

東吾の問いに、寅太郎はうなずいた。

「それは、多分、昨年の夏のことではないかと存じます」

七月に新絹買い付けのために、寅太郎は喜左衛門と武州秩父大宮まで出かけたのだが、

「なにがいけなかったのか存じませんが、喜左衛門さんが、突然、苦しみ出しまして、吐き下し、食物はおろか、水も咽喉《のど》を通らなくなりました。お医者にもみせたのですが、何分、田舎のことで、しかとした手当も出来ず、手前が夜っぴて看病を致しました」

結局、やや落ちついたところで、駕籠をやとい、なんとか、藤岡まで戻って医者にかかり、漸《よう》く、命をとりとめたという出来事があった。

「お信さんからも、親の命の恩人だと礼をいってもらいましたが、一緒に旅をしていれば、誰でも、それくらいのことは致します。ごく、当り前のことでございまして……」

お信と親しく口をきいたのは、その折と、

「今年になって、喜左衛門さんがなくなりまして、お店のほうから香奠《こうでん》と悔状を、手前がお届け申しました時、もし、さきざき、お信さんが聟《むこ》を取り、そちらが場造をなさるならば、白木屋と御縁がつながるように、小頭役に手前からお話し申しましょうと、そんな話は致しましたが……」

色めいた言葉をかけたおぼえはないといった。

「お信さんがなんとおっしゃっているのか、お目にかかって、もしも誤解ならば、はっ

きりさせたいと存じます」

口調に悪びれたふうもなく、源三郎がいったように、彼が嘘をいっている様子はない。

「どうも、おかしなことになったが、それじゃ、かわせみへつれて行こう」

東吾が寅太郎を伴って、大川端へ行き、るいが立ち会って、二人を対面させた。

半刻ばかりも経って、寅太郎がるいと共に帳場へ出て来た。

目のあたりが赤くなっている。

「やっぱり、お信さんの思い込みでしたの」

といいかける、るいを寅太郎が制した。

「どうか、お信さんを責めないで下さいまし。手前にも落度がございました」

父娘二人きりの暮しぶりを知っていて、つい、親切にしすぎたといった。

「手前は、親を早くになくして居りまして、兄弟もございません。喜左衛門さんは、手前の親父様の年頃でもございましたし……」

そんな気持が、つい、父娘の生活に立ち入りすぎたのかも知れないと涙を拭いている。

「それはそれで仕方がないじゃございませんか、お信さんも納得してくれたのですから」

るいがとりなし、東吾が訊ねた。

「お前は、お信をどう思っている。女房にしたい気持はないのか」

寅太郎が苦しそうにうつむいた。

「お信さんの気持はありがたいと思います。それに、決して、きらいではございません。けれども、手前共は、まだ当分、女房を持つのは無理でございます」

白木屋の奉公人は、大体、十一、二歳で口入れ屋の仲介で、京都本店から雇入れが決り、そのまま、江戸へ下って、日本橋店へ来る。

いわゆる、子供と呼ばれる丁稚奉公から始まって、入店九年目に漸く、初登りと称して京都本店へ行き、店主にお目見得をすませ、往復の道中を含めて五十日の休みをもらって実家の親の許へ顔出しが許される。

その初登りをすませて、江戸へ戻ると、手代に昇格するのだが、そこから更に小頭役、年寄役、支配役になるのは容易ならぬことであった。

平手代、およそ百人に対して、その上の小頭役は十人、年寄役五人、支配役は三人という狭き門で、平手代の大半は役付きになる前に暇をもらって退職するのだが、それにしたところで、二十年近くつとめ上げるのが御定法《ごじょうほう》とされていた。

「奉公中は、お店で暮して居りますから、勿論、妻帯は出来ませんので……」

白木屋は外からの通い奉公を認めていなかった。

「すると、三十をすぎなければ、おかみさんも貰えないのですね」

るいが驚いていい、東吾が訊ねた。

「お前は、白木屋に奉公して何年目だ」

「来年が十六年目の中登りに当ります」

白木屋では丁稚から手代になる初登りの九年目、それから十六年目の中登り、二十二年目の三度登り、退職した支配役の隠居仕舞登りが設けられていた。

何年勤続したら役付になるといううきまりはないが、

「一生けんめい、勤め上げて、もしも、年寄役以上になりますと、お店から暖簾わけが許されますので……」

「それが、のぞみか」

「はい、おこがましいことでございますが、お店へ入りました時、同郷の徳之助さんから、暖簾わけをめざすようにと」

折角、白木屋ほどの大店へ奉公しても、体を悪くしたり、商いにむいてないと判断されたりで、丁稚の中、三分の一以上が入店二年ぐらいで脱落して行くといった。

そうでなくとも、平手代の時代に女でしくじって解雇される例も少くない。

「手前は、徳之助さんを見習って、今まで大過なくやって参りました」

いってみれば、出世の階段を一歩ずつ登りつめている真最中といえた。

「どんなに、お信さんの気持が嬉しくとも、女房は持てませんので……」

「徳之助というのは、いくつだ」

麻生家へ出入りをしている手代であった。

「三十一歳でございます。お店へ入りまして、今年で、ちょうど二十年で……」

「あいつも、平手代か」

「ぼつぼつ、小頭役にと、上からお話があったそうでございます」

「そりゃ、めでたいな」

江戸で指折りの大呉服店に奉公する者としては、それくらいの夢がなくてはかなうまいと東吾はいった。

「お信のことは心配するな。所詮、縁がなかったんだ。桐生の叔父御が、その中《うち》、良縁をみつけてくれるだろう」

しょんぼりと肩を落して帰って行く寅太郎を見送って、東吾は、るいの部屋に落ちついた。

「商人というのも、らくではないな」

「二十年も三十年も奉公して、暖簾わけをしてもらえない人も多いのでしょう」

「あの男はやるだろう」

「お内儀さんをもらったらもう腰がまがってたなんてことになりゃしませんかね」

お膳を運んで来たお吉が、にくまれ口を叩いた。

「あんまり、高のぞみをしないで、小さな幸せに満足したほうがいいんじゃありませんかね」

「それは女の考えさ」

「殿方に生れなくて、よござんした」

寅太郎の話は、るいから吉田五右衛門に伝えられ、お信は五右衛門と共に、泣く泣く上州へ帰った。

二

いい色に染め上った藤納戸と深山納戸の紋服が仕立てられて、八丁堀の神林家に届いた日、東吾は、義姉から呼ばれて、それをみせられた。

「やっぱりよくお映りになりますこと」

東吾の肩へかけてみて、香苗は嬉しそうだったが、その品物を届けに来た手代は、徳之助ではなかった。

で、手代が帰ってから、東吾は香苗にそのことを訊いてみた。

「七重が、白木屋の別の手代から訊いたそうですけれど、徳之助さんは仙台様のお勘定がとどこおって、困っているそうですよ」

徳之助が担当しているお得意先は大名家や旗本が多かったらしい。

「こういっては、なんですけれど、お大名家の中には買物方の役人衆に意地の悪い者がいて、勘定を払ってもらいたければ、付け届をしろとか、廓や芝居見物などに招くようにと難題を申すところもあるとかで……仙台様がそうだとは申しませんが、掛取りの手代はさまざまの苦労があるようですの」

「我が屋敷の勘定は大丈夫ですか」

「御心配なく、その都度《つど》、きちんと支払って居りますもの」

兄嫁と、そんな話をしたあとで、東吾は畝源三郎に徳之助の話をした。

定廻りだけあって、源三郎は東吾よりも遥かに、呉服屋の内情に精通していた。

「呉服屋と申すのも、なかなか大変なものらしいですよ」

地方に買い付けに行く時は、必ず買宿やなじみの場造に土産物を持って行く。

「それも、主人には極上の干物五十枚、女房には煙草入れ、子供には雪駄《せった》、隠居には上等の煙草入れと、店によって、きまりがあるそうですから……」

地方の得意客がやってくれば、接待するために二階座敷に案内して酒肴《しゅこう》をふるまったり、取引先が恵比寿講だ、山王祭だと出府してくれれば、店をあげて接待をする。

「それで商売が成り立っているのですから」

「考えてみりゃ、高い品物を、客は買わされているんだな」

町廻りに出かける源三郎について、東吾は通一丁目まで行ってみた。

白木屋は表間口が十間以上もあろうという大店で、屋号と店印を染め抜いた大暖簾のむこうは、買い物客で賑わっている。

そこは毎月、千両箱が二、三個ほどの金が動くという商いの世界であった。

「どうも、我々とは無縁のようですな」

源三郎が笑い、男二人は、その先で右と左に別れた。

徳之助が白木屋を解雇されたらしいという噂《うわさ》を、長助が知らせて来たのは、夏のはじめのことであった。

「白木屋へ出入りしている植木屋の話なんで、どこまでが本当かわかりませんが……」

仙台藩の武家屋敷からの掛取りが行きづまって、店からは強く取り立ての催促をされる、先方は一向に支払わないという真中に立って、徳之助は次第に頭がおかしくなったのではないかという。

「あっちこっちのお稲荷さんに幟《のぼり》を上げたり、お供物を供えたりして、なんとか掛金がとれるようにとお祈りをしていたんですが、どこをどうしたのか、店にも内緒で成田山から日光の東照宮へおまいりに行っちまったんだそうです」

相手が大名家なので、東照宮のほうが効き目があるとでも思ったのか、五日もかかって東照宮に参詣し、九日目に日本橋の店へ戻って来た。

「白木屋のほうで調べたところ、日光参詣に使った金は二両二分と銭七貫文余りで、その他に二百両ばかりのつかい込みがあったんだそうで……」

その大半は、仙台屋敷の買物役への付け届だったという。

「なにしろ、白木屋が表沙汰にしねえんで、くわしいことはわかりませんが、奉公人のつかい込みは、今までにも何回となくあって、大方が吉原の遊女に入れあげたってのだそうで、それも五百両の、七百両のって大枚がざらだそうです。それにくらべると、徳之助のは、女に狂ったってんじゃありませんが……」

不始末は不始末として、徳之助は店をくびになったと長助が話した。

「なんてことだ、奉公して二十年といってた奴が……」

「白木屋じゃ、奉公人の給金は、年季があけるまでは、まとめて出さねえそうで、入要《いりよう》は、その都度、給金の前借りってことになってるそうです」

二十年も勤めれば、給金だけでも百両以上になっている筈《はず》で、

「その中、少々は前借りって形になっていたか知れませんが、徳之助は質素で遊びもしないし、着るものなんぞもお仕着せですませていたんだそうで……白木屋のほうじゃ、不始末があってくびにした奉公人の給金は払いませんから……」

徳之助は二十年を無駄働きしたことになる。

「あんまり、かわいそうだと、植木屋もいってました」

更に十日して、「かわせみ」にひょっこり寅太郎が姿をみせた。

白木屋から暇を取ったといった。

「上州へ行って、お信さんと夫婦になって、場造の仕事をしようと思いまして……」

そう決心したきっかけは、徳之助の事件だった。

徳之助は近江へ帰って、そこで木の枝にくびれて死んだという。

「どんなに必死になって働いていても、人間、一寸先は闇だってことが、怖くなりました。自分も、いつか、徳之助さんのようなことにならないとは限りません」

寅太郎の決心を、るいや「かわせみ」の連中は喜んだ。

心ばかりの祝金を渡し、幸せを祝って送り出したのだったが、七月の末、桐生から吉田五右衛門が「かわせみ」へやって来て、思いがけない話をした。

「お信は、こちらから上州へ帰って間もなく手前が間に入って嫁入りをさせました」

相手は桐生の大百姓で、今は幸せに暮している。

「この月に、寅太郎さんが訪ねて来ましたが、手前は、てっきり、白木屋の夏の買い付けのためにおいでなさっているとばかり思いまして……お信が嫁入りしたことは、お話し申しましたが……」

寅太郎は、それについて、なにもいわず、五右衛門も、まさか、彼が白木屋を退職してお信のところへ行ったとは、気がつかなかった。

「寅太郎さん、白木屋へ戻って来たらしいんです。ただ、白木屋では、どんな理由があっても、一度、やめた者は二度と奉公させないってのが、家訓なんですって……」

雨上りの夕方、狸穴《まみあな》の方月館から帰って来た東吾に、るいが話した。

「長助親分の話だと、寅太郎さんは近江へ帰ったそうですよ」

「縁がないってのは、そんなものさ」

湯上りの汗に、夕風が快く、東吾は庭へ下りた。

梅の木は、すっかり青葉になっている。

「おい、ここの蜘蛛の巣、誰かが、とっぱらったのか」

春からずっと、銀色の糸を張りめぐらしていた蜘蛛の巣が千切れたようになっている。

「ああ、それ、植木屋の小父さんが、箒《ほうき》で払ってしまったんです。かわいそうだから、そっとしておいたのにって、お吉が文句をいったんですけど、商売屋が庭に蜘蛛の巣を張らしておくのは、縁起がよくないんですって」

「そりゃあまあ、そうだろうな」

その夜は、るいの部屋に泊って、東吾は翌朝、庭へ出た。

一夜の中に、蜘蛛は辛うじて、新しい巣を梅の枝に張っていた。

ただ、その形は以前にくらべて不細工で、如何にもこぢんまりしている。

「蜘蛛でも、やり直しをするってえのは、大変なんだろうな」

何事もなければ、来年の中登りをたのしみに、白木屋の手代として、今頃は買役に汗を流して上州路をかけ廻っていたに違いない寅太郎であった。
近江へ帰った彼は、今、どんな思いで、新しい巣を作り出そうとしているのか。
僅かの間、東吾は彼らしくない眼をして、蜘蛛の巣をみつめていた。

大名料理

村上元三

村上元三（むらかみ・げんぞう）
一九一〇年朝鮮元山生まれ。四一年に「上総風土記」で直木賞を受賞。著書に『佐々木小次郎』『新選組』『源義経』『三界飛脚』『海を飛ぶ鷹』『水戸黄門』、「加田三七」「松平長七郎」シリーズなど多数。
二〇〇六年逝去。

祭の済んだあとは、男も女も、ほっとする一方、まだ酒が身体に残っているような心持で、仕事もよく手につかないような日が続く。

いつも賑やかな料理屋などは、ことにそうだが、長次だけはそれどころでなかった。

あの夜きりで兄の長太郎は姿も見せないし、また噂《うわさ》も聞かない。長次と同様に縁の下へ、もぐり込んでいた岡《おか》っ引《ぴき》の船宿の六兵衛も板前の嘉助に会って話をしたきりで、どこかへ姿を消してしまっている。

長次に会ったときは、岡っ引などでは手のとどかない天井裏をこんどはのぞいてやる、といっていたから、よほどの覚悟をして兜屋《かぶとや》の一件を探りに駈け廻っているのかも、知れなかった。

それとなく、長次が様子を聞くと、兜屋の寮は、あの翌日から留守番の夫婦だけが残って、昼間もほとんど雨戸が閉めきりになっている、という。

古石場の音蔵の身内、菊三を殺したのは誰なのか、役人たちも手掛りがつかめずにいるらしい。

蛤《はまぐり》町の荒物屋で、やはり町奉行所の御用を聞き、十手捕縄を預っている岡っ引の文吉なども、噂を聞いて長次を疑ったようだった。

「ちょっと聞きてえ事がある」

といって、祭のあくる日、長次を自身番小屋へ引っぱり込んで、文吉は前夜のことを、いろいろ聞いた。

「存じません」

菊三殺しの下手人は、兄の長太郎、と思うだけに長次は、兄をかばいたい一心で、懸命に白を切った。

「昼間、菊三を引っぱたいたのは本当ですが、あいつを殺してえと思うほどの訳はありませんし」

「それもそうだが」

と文吉は、ちらりちらりと長次の顔を見ながら、

「お前、妹のおみねちゃんのことで、大そう菊三に腹を立てていたそうだな」

「それも、根のある事じゃねえのです。うちのおみねはまだ子供ですし、菊三みてえな遊び人にちょっかいを出されては困る、と思う気持は、誰しも同じでしょう」

「お前、越十さんの帰りに、何処へ行った。店へは帰らなかったようだが」

「へえ」

そう訊《き》かれるのは初めから判っていたので、

「くたびれたものですから、まっすぐ家へ帰って寝ちまいました」

「そうかい」

もっと突っ込んで訊かれたら、長次は、返事が怪しくなったかも知れないが、文吉も、それ以上はこだわらずに、

「手間を取らせたな。もう帰ってもいいぜ」

「さいですか。では、ご免を」

番小屋を出ようとすると、文吉が不意にうしろから声をかけた。

「古石場の音蔵たちは、菊三殺しの下手人はお前の兄貴の長太郎だ、といってるそうだが」

ぎくっとして振返り、長次は文吉の顔を見た。

おとなしい、四十すぎた文吉の顔が、このときは、ひどくこわい顔に見えた。

「お前の兄貴の姿を、本所でみた者がある。その後に古石場の音蔵を頼っていって、何か一悶着《ひともんちゃく》あったようだが、お前の兄貴も昔のまま、地道に庖丁《ほうちょう》をにぎって働いていれば無事だったのになあ」

「へえ」

これ以上文吉を対手《あいて》にしていると、うっかりと兄の長太郎に会ったことを聞き出されないものでもない、と思い、長次は、そのまま自身番小屋を出た。

深川から三日ほど経って、伊豆平の店が休みの日だった。あまり表を出歩いて、音蔵の身内に会っては面倒と思い、長次は、一日、家でごろごろしていた。

「今日は」

明るい女の声がして、小えんが入ってきた。

祭のとき、昼間は手古舞《てこまい》すがたで練っていた小えんが、ふだん着で白粉《おしろい》も紅《べに》もつけずにそうやっていると、やはり生地の美しさのほうが勝っている、と長次でさえも気がつく。

「どうしたのだえ、わっちの顔を見て」

小えんは、笑いながら家へあがってきた。

祭にはさんざ遊び廻ったあとなので、おみねもぼんやりしていたし、久しぶりに母子三人とも家にいるわけだった。

「まだお祭の疲れが抜けなくってねえ」

三人に挨拶《あいさつ》をして、小えんは、お冬へ手土産《てみやげ》の羊かんを出してから、

「ゆうべ、がま七の消息を聞いたっけ」

眼くばせをするようにして、小えんは、何気ない様子で長次へいった。

「がま七の」

長次も、さり気ない風で、

「そう言やあ、宵宮の晩きり伊豆平のお店へも遊びに来ねえが」

「その筈さ。大坂へ行ったそうな」

それで思い当るのは、兜屋の寮の縁の下で聞いた、妻木主馬《しゆめ》と加太七の話だった。

兵庫の開港が何《ど》うのこうの、長次には難しくて判らなかったが兜屋加太七には儲《もう》け仕事のようだった。

「江戸には居ねえのか」

ほっとしながら長次は、芝兼人《しばかねと》に当身《あてみ》を食わされ、仰向けに引っくり返っていた加太七の、みっともない格好を眼に浮べた。

それから小えんは、お冬やおみねを対手に二つ三つ世間話をしたあとで、

「そういえば、長さん」

と、思い出したように、

「妻木さんの旦那《だんな》も、近いうちに京都へお役替えになる、という話を聞いたよ」

「そうかえ」

長次には、やれやれ、という気持だった。

あれきり妻木主馬も、伊豆平へ顔を見せなくなったが、兄のこともあり、またあの晩、主馬に自分の姿を見られているかも知れないので、長次には会いたくない対手だった。

「今日はね、一つ、お前のおっ母さんにも聞いて貰って、相談に乗ってほしい事があるのだけど」

小えんは、改まった顔つきでいった。

「おやおや、坐り直したね」

明るいうちは、弱っていても視力が利くので、お冬は、眼を細め、小えんの顔を見とれるようにした。

小さい時からこの横丁で育った小えんだし、長次とも幼馴染《なじみ》なので、お冬には小えんがわが子のような気持がするのかも知れない。

「いやですよ、おばさん」

と小えんは、照れたように笑って、

「実はね、こんど思い立って芸者の足を洗おう、と思うのさ」

「芸者をやめるのかい」

訊き返してから、お冬は長次を見た。

どきっとした長次は、小えんの顔に眼をやった。

小えんは、ひどく屈託のない明るい表情をしている。

「というと」

とお冬は、口ごもるようにして、

「旦那でも出来たのかえ」

「とんでもねえ事をお言いだね、おばさん。もう男はこりごりだ」

小えんは、はずんだ声で笑った。

「そうかえ」

小えんは一ぺん、木場の材木屋を旦那に持ったことがあるが、その旦那の内儀が病死したときに、本妻に直そう、といわれると、はっきりと断って、もとの芸者に舞い戻った女だった。

お冬は、長次のほうをちらりと見て、

「二度と旦那を持つのはご免だ、とお前は言っておいでだったからね」

ほっとしたような顔つきをした。

「芸者の足を洗って、どうする気だ」

表面はそう関心が無さそうに、長次が訊くと、小えんは、あっさりと、

「踊りの師匠で身を立てようと思ってね」

「そうそう、お前は柏木《かしわぎ》流の名取だったっけな。しかし、またなんで急にそんな料簡を起したのだ」

「急じゃぁねえのさ。前から考えていたのだが、このあいだ妻木さんの旦那が、あんまりしつこく言うのでね、旦那は、芸者のわっちに気があるのだろう、芸者をやめりゃ旦那

も思い切るし、わっちもさっぱりする、と啖呵《たんか》を切ったのでね、その手前、引っ込みがつかなくなっちまった」

「そんな事があったのかえ」

「妻木さんの旦那は、わっちに、一緒に京都へ行け、というのさ。だれが、あんな奴の世話になるものか。といって、いつまで芸者をしていりゃあ、いやな客でも機嫌をとらなくてはならねえからね」

「あんまりそうでもねえようだぜ。ずいぶん客に向って、ぽんぽん言うらしいが」

長次にそう言われても、小えんは、べつに怒るでもなしに、

「それで、頼みというのは、おみねちゃんを、わっちの妹にしてほしいのだけど」

「え」

長次はびっくりして、小えんとおみねの顔を見比べた。

「おみねを妹に、というと」

お冬にはそれが、小えんが長次の女房になり、おみねと姉妹になりたいという意味だ、と考えたのか、うれしそうな顔をした。

しかし小えんは、さらりとした表情で、

「おみねちゃんも、柏木流の踊りを習っているのだから、毎日、わっちの家へ来て手伝ってほしいのだよ。おっ母さんを世話しなくちゃあならないんだから、ずっと居っきりに

なっておくれ、と言うのじゃない。朝のうち二刻かそこら、来てもらいたいのだけどね」

「どうする、おみね」

と長次は、妹を見た。

おみねはいそいそとしていた。

「おっ母さんや兄さんが、いいっていってくれたら、あたしはうれしいけど」

「どうだね、おっ母さんは」

長次が訊くと、お冬にも異存はない様子だった。

「あたしは結構だと思うよ」

「じゃぁ、そう決めよう」

と長次は、小えんへ向直って、

「踊りの師匠になるというのは、お前のためにもいい事だと思う。おみねも踊りが好きなのだから、一つお前にみっちり仕込んで貰おうよ」

「それで、わっちも安心した」

小えんも、ほっとしたように、

「実の妹だと思って、びしびし踊りを仕込むからね。その代り、早く姉の代稽古《だいげいこ》をやれるようになっておくれよ」

「お願い申します」

神妙におみねは両手をついた。

話が決って、小えんは帰るときになって、

「ちょっと」

と長次へ、眼顔で合図をした。

長次が送って出ると、小えんは蛤町の空地のところに立ちどまって、

「ゆうべ六兵衛親分が、ちょっと家へ帰ってきたそうだよ」

「ちょっと、というと」

「またすぐ何処かへ出ていったそうな。あすこの船頭の新吉から聞いたが」

「お上の御用で飛んで廻っているのだろう」

「この仕事が済んだら、お上へ十手捕縄を返す、といってたそうな」

「ふうん」

やはり兜屋の一件に相違ない、と考えて長次は、天井裏をのぞいてやる、といった六兵衛の言葉を思い出していた。

「もう直《じ》き芸者の足が洗えると思うと、せいせいするよ」

と笑顔を残して、小えんは帰っていった。

あくる朝、長次が店へ出ると、一足おくれて板前の嘉助が入ってきた。

「長次、お前、紋付など持っていねえだろうな」

いきなり嘉助にいわれて、長次は面くらいながら、

「どうしてです」

「いいや。おれのを貸してやろう。今日は大名料理の手伝いに連れていってやる」

珍しく嘉助は、笑顔を見せた。

「さようですか。有難う存じます」

「いつぞや話したな。長州様で今日の夕方、お客をなさる。おれに四条流の免状を下すった四条季房様とおっしゃるお公卿《くげ》様が、江戸へお下りになって、長州様のお屋敷で庖丁式をお見せなさる」

「そのために、わざわざ京都からおいでになったので」

「さあ」

と嘉助は、急にむずかしい顔つきになって、

「おれたちには判らなくていい事だろうが、もう直き天子様のお妹様が、公方《くぼう》様の奥方におなりになるので、江戸へお下りなさる。それと何か引っかかりがあるのだろう」

そういって、ちょっと口をつぐんでいたが、

「まあ、いいや。おれにもお前にも、そんな事はな。ともかく使いをやって、おれんとこから紋付と袴《はかま》を持って来させよう。身丈はお前のほうが長いかな。袴をはくから、ご

まかせるだろう」

こういうとき、いつも長次に見せる優しい表情になっていた。

今日のことは、もう嘉助が、女将《おかみ》のお早から許しを受けてあるらしい。

板前と脇板《わきいた》が二人とも留守になったのでは料理に困るが、今日引受けている客は数が少ないし、材料の仕込さえやっておけば、あとはほかの板場の者たちで間に合うようになっていた。

出かける先は、日比谷御門外にある長州萩《はぎ》三十六万七千石の領主松平大膳大夫《だいぜんのたゆう》の上屋敷で、いわゆる長州様とか毛利様とかいわれている大名の屋敷であった。

この伊豆平へは長州藩の侍たちが、家老の浦靱負《うらゆきえ》はじめよく遊びに来るし、嘉助の腕前も知れている。

毛利家へどんな客が集るのか、どういう目的で宴を開くのか、それは長次には何《ど》うでもいいことであった。

四条流の庖丁式が見られる、大名料理の手伝いが出来る、と思うと、長次は、子供のようにいそいそとしていた。

嘉助と一緒に湯屋と髪結床へ行って帰ってくると、女将のお早が、

「おやおや、長さんはまるで、いい人と会いに行くみたいだねえ」

笑いながら、からかった。

午《ひる》すぎに嘉助のところから、紋付と袴がとどいた。

着せて貰うと、ゆきも身丈も短かいが、おかしいというほどでもない。

「よく似合うぜ」

嘉助にいわれて、長次は照れながら、

「馬子にも衣裳《いしょう》で」

この姿を、陽《ひ》の暮れないうちに母親に見せたい、と思ったが、その間もなかった。

もう毛利家へいかなくてはならない時刻であった。

嘉助と長次は、鞘《さや》に入れた自分の庖丁一揃《ひとそろ》いを、めいめい大切に風呂敷にくるんだ。

「駕籠《かご》を呼んであげたよ。晴れの日に歩いて行くことはないやね」

女将のお早が、そういってくれた。

「お駕籠で乗込みとは、大した料理人だな」

と嘉助は、店で呼んでくれた駕籠に乗るとき、長次を見て上機嫌に笑った。

「では、行って参ります」

駕籠に乗る前、長次が挨拶《あいさつ》をすると、女将のお早がそばへきて、そっといった。

「しっかりおやりよ。今日はお前さんの運だめしだ。向う様のお目にかなったら、四条流の免許も頂けるかも知れないし、そうなればお前さんも一人前の板前だからね」

長次には思いがけない言葉なので、急には返事も出来なかった。

まさか今日、四条季房という公卿に、直々自分の腕を試されるとは、想像もしていない事だった。はじめから嘉助はその積りで、長次に落着かぬ気持にさせまい、と思い、黙っていたのであろう。

「へい」

ほろっと涙が出そうになり、あわてて長次は顔を伏せた。

二挺《ちょう》の駕籠は、川を吹き渡ってくる秋風を横に受け、永代橋を渡って江戸へ入った。

三日ほど前、嘉助は毛利家へ行って、御門通行の手形を頂いてきている、という。

しかし、はじめて大名屋敷へ行くだけに、長次は駕籠の中で、すっかり全身を緊張させていた。

西紺屋町の濠端《ほりばた》で駕籠を下り、嘉助と長次は、数寄屋橋御門へかかった。

門番所で手形を改めて貰い、懐中を改められたが、三本ずつ持っている庖丁は商売用なので、べつに咎《とが》められることもなかった。

長次と同じ紋付姿の嘉助も、さすがに身を固くして門の中へ入った。

すぐ右手に、南町奉行所が見える。

こういう門一つを境にして、中は大名屋敷や御用屋敷ばかりになり、一ぺんに風景が変ってしまう。歩いているのは侍のほか、大名屋敷へ出入りの町人たちぐらいのもので、内曲輪《くるわ》を越して江戸城の櫓《やぐら》や石垣がいかめしく見えていた。

「おい」

不意に二人は、声をかけられた。

南町奉行所から出てきたのであろう、町与力の妻木主馬が裃《かみしも》姿で歩いてくる。

「おや、これは妻木様」

いつも無愛想な嘉助も、場所が場所だけに、ていねいに挨拶をした。そのうしろから、長次も黙って頭を下げた。

「今日は長州様でお客だそうだな」

ちゃんと知っているらしい。薄笑いを浮べながら主馬は、

「ただ料理をこしらえるだけならいいが、身分不相応なことに掛り合いをつけるなよ」

「どういうことか存じませんが」

と嘉助は、下から出て、

「料理人の分際は心得ている積りでございますから」

そう答えたのは、やはり相手へ皮肉を利かせているのであった。

「伊豆平には、長州様の侍たちがよく行くからな」

と主馬は、しつこい調子でいった。

「へい、長州様のお侍もお見えになりますし、ご公儀のお役人もお越し下さいます」

少し腹を立てたらしい調子で、嘉助がそう答えると、主馬は、にやりと笑って、

「物のけじめは弁えてるだろうから、それでいい。まあ気をつけることだな」

それきり数寄屋橋御門のほうへ歩いていく主馬のあとから、供の中間、御用箱を担いだ小者などがついていった。

「長次」

少し歩き出してから、嘉助は、

「長州様のお屋敷に入ったら、料理のこと以外は一切、見ざる、聞かざる、言わざるだぞ。いいか」

「承知しました」

訳の判らない不安を感じながら長次は答えた。

本多中務大輔《なかつかさたゆう》の屋敷のそばを通って、日比谷御門へかかり、二人は、手形を門番の侍に見せて、通行を許してもらった。

門を入るとすぐ左手に、松平大膳大夫の上屋敷がある。海鼠壁《なまこかべ》をめぐらし、どっしりとした構えの門が、濠端の道に向って開いている。

まだ客の集る時刻ではないので門番の侍たちが、いかめしい顔をして立っているきりで、しいんと静まり返っていた。

塀に沿って嘉助は、長次を連れて裏門のほうへ廻っていった。

裏門といっても、三十六万石の大名の裏門だけに、長次は、鋲《びょう》を打った門のまえに立ったただけで気押され、足がすくむような気がした。

「お願い申しまする」

と嘉助は、六尺棒を持って立っている侍のそばへいって、

「本日、お台所お手伝いとして、まかり出ましたる料理人にござります」

長次と二人の通行札を見せると侍は、

「待っちょれ」

長州訛《なま》りでいって、中へ入っていったが、やがて、また出てくると、

「入れ」

「有難う存じまする」

「そこを右へ行くと、お台所口がある」

「へい」

嘉助は小腰を屈め、長次を連れて門の中へ入った。

すぐに、塀にさえ切られ、屋敷の中は見えないが、濠に沿って道が右へ続いている。

この広い屋敷の構内に、何百人もの侍や、末はお端下に至るまでの女中たちが生活している、とは思えないほど静まり返っていた。

大きく起伏した屋根が続き、それが切れる一カ所に、嘉助にはすぐ見当のつく台所口があった。

戸をひろげ開け放ち、中は広い土間と、まるで大きな寺の本堂ぐらいありそうな板の間が続いている。大ぜいの男たちが立働き、大きな竈《かまど》に、火が燃えていた。

「お願い申します」

嘉助が声をかけると、板敷のほうから声がかかった。

「伊豆平の料理人か」

欄間から日の光はさし込んでいるが、明るい戸外から土間へ入ったばかりなので、二人には、声をかけた人物が誰か、すぐには判らなかった。

「ご苦労だな」

広い板敷を、柱を廻って歩いてきたのは、吉田喜内という台所役人で、二度ほど伊豆平の店へも来たことがある。二度目には、わざわざ板場へやってきて、嘉助や長次の料理を作る手元をのぞき込みながら、

「どうも大名屋敷にはお毒見役というのが何人も控えているゆえ、殿様に温かいうちにお料理を差上げるという工合には参らぬ」

と半分は冗談のように、半分は嘆くようにいった。

眼のくりッとした愛嬌《あいきょう》のある四十年配の侍で、今日は、きちんと裃をつけている。

「吉田様でございましたか」

やはり大名屋敷だけに固くなっていた嘉助が、ほっとしたようにいった。

「こっちへあがれ。お前たちの詰所も出来ている」

吉田喜内にいわれて、二人は、おそるおそる土間から上った。

やはり商売なので、嘉助と長次が、ちらりと台所を見廻すと、広さは、伊豆平の十倍はあろう。大きな竈が十ほど土間に並んでいるし、魚や野菜の籠が、百人前ぐらいの料理が出来そうなほど、おびただしく積んである。

板敷の半分には、きれいな薄べりを敷きつめ、料理方がそこで料理をするのであろう。組板《まないた》、庖丁、魚を焼く長い火箸《ひばし》なども、ずらっと置いてある。

士分のものと小者を合せて三十人ほどが、もう準備に動いているし、お膳方の者であろう、よく光ったお膳を重ねたり、お椀《わん》を拭《ふ》いたりしている。

「大そうなものでございますな」

と嘉助は、首を振りながら感心して、

「本日は、ずいぶん、大ぜいのお客様をなさいますようで」

「さよう、七八十人かな」

と吉田喜内は二人を案内して、広い台所を出ながら、

「お殿様はお国表なのでな、公けにお客を呼んだのではない。四条季房どのの庖丁式を見たい、というお客が多いのでな」

その横顔に、ちらりと妙な薄笑いが浮んだのを、斜めうしろにいた長次は気がついた。

それが何ういう意味の笑いなのか、長次には判る筈もない。ただ公けでないというし、こういう大名屋敷でもあり、ことに、いま、天下に面倒な事が起りかけている時だけに町人には、窺《うかが》い知れない意味のある今日のお客なのだな、と長次は察しただけだった。

「ここで、ちょっと休んでいてくれ。すぐに呼びに来るから」

といって吉田喜内は、台所から廊下へ出て五間ほどいった薄暗い部屋に入れ、引返していった。

もとは納戸部屋でもあったのだろうか、高いところに、明かり窓のついた、なんの飾りもない殺風景な六畳間だった。

「親方」

長次は、そっと訊いた。

「あっしたちは今日、どんな手伝いを致しますんで」

「献立は長州様のご家来衆がお作りになる。おれたちはそのお手伝いだが、ひょっとすると、町の中で町人の食べている料理を作れ、などという題が出るかも知れねえ。その積りでいろ」

「へえ」

「衣紋を直しとけ」

「承知しました」

髪を直し、立上って長次は、袴の紐《ひも》をしめ直した。

嘉助が黙って長次のうしろへ廻り、袴の腰板を引きあげ、手伝ってくれた。伊豆平ではむしろ時として女将のお早よりも威張っている嘉助が、長次には思いがけないほどの振舞だった。

「相済んません」

「長次」

うしろから離れ、坐り直してから嘉助は、

「どうも今日のお客というのは、ただの侍ばかりじゃぁねえらしい」

「そうですか」

「いくらお客をなさるにもせよ、吉田喜内さんが今から裃姿で立働いているのは、少し大仰すぎる」

「そうすると、お客はどんな人たちで」

「お大名が見えるのじゃぁねえかな」

「お大名が」

「天子様のお妹様が、もう直き江戸へお下りになる、そして将軍様の奥方におなりなさるのを面白く思っていねえお大名方も多い。ところが、ここの毛利様のお殿様は京都と江戸は仲よくしなければ日本のためにならねえ、と考えておいでだそうな。そのお殿様は、いまお国許だが、ご家老様方が、江戸にいるお大名のうち幾頭《いくかしら》かをお招きして、今日は大事なご相談、というのではねえかと思う」

「大変な日に呼ばれましたねえ」

「そうびっくりする事はねえ。おれたちは、ただ指図された通りに働けばいいのだ」

「ねえ、親方」

ふっと気がついて、長次は訊いた。

「親方に四条流の免状を下すった四条季房というお公卿様は、今日このお屋敷に来ておいでなんでしょう」

「そうだ。あとでお目にかかれると思って、おれも楽しみにしている」

「そのお公卿様が、江戸へお下りになったのと、今日のお客と、何か、つながりがあるんじゃぁねえでしょうか」

「何が」

「つまり、あっしなどには判らねえ事ですがね、その、天下のことについてのご相談が」

「長次」

嘉助は、ひどく気難しい顔つきになった。

「余計なことだ」

「へい」

「黙って、お指図通りにしていろ」

「申訳ありません」

「あやまる事はねえ。おれも同じ事を考えてるんだ」

「そうでしたか」

「庖丁式をお見せする、というのは名目で、大事な相談があるに相違ねえ」

「でも、庖丁式は、四条季房様というお公卿様がお見せ下さるのですね」

「うむ、めったに見られねえ事だ。お庭のほうで拝見させて貰えるようにしてやる」

「有難いことで」

　そこへ足音がして、さっきの吉田喜内が、顔を見せた。

「そろそろ、お客様がご到着だ。はじめに庖丁式があるが、四条中納言どのがお客にそれをお目にかける。大よそは察しているであろうが、今日はお大名方が四頭ほどお見えになる。ご家来衆のお料理はべつに差し上げるが、大名料理となると、さて難かしい。四条中納言どのに伺うたところ、なにも商家衆へ指南を仰ぎに行かずともよい、深川の嘉助と申す料理人には、大名料理も伝授してあることゆえ、呼んでおくがよろしい、とのお言葉でな」

「おそれ入ったることでございます」

嘉助がていねいに頭を下げると、喜内は、

「ついては、四条中納言どのが、その前に会いたい、と申される。一緒に参れ」

「さようでございますか。では、お供を致しまする」

嘉助は、立上りかけて、

「長次、お前は、ここで待っていろ」

「へい」

喜内に連れられて、嘉助は、この部屋を出ていった。

ひとりきりになって長次は、板戸を開け放した、がらんとした部屋に坐っていた。

煙草盆も出ていないし、茶の出る様子もない。

台所のほうは次第に忙しくなったらしく、立働く人の気配がここまで聞える。

そのうちに、ふっとこの部屋の前に人影がした。

長次が見ると、紋付の羽織に袴をはいた、顔の長い若い侍が、足をとめて部屋の中をのぞき込んでいる。

その顔を見ると、長次は、どきっとした。

この夏、長州藩の江戸家老浦靱負などと共に伊豆平の座敷でのんでいた侍の中の一人に違いない。

ひとりで駄々をこねて、みんなを困らせていた侍で高杉とか、晋とか、呼ばれていた。

あのとき長次は、立聞きする気もなく庭の立木の蔭《かげ》に立って、みんなの話を聞いたが、同じ席に芝兼人という浪人が交っていただけに、長次の記憶もなまなましいものであった。

「なんだ、お前は」

顔の長い侍は、長次を見ると、いけぞんざいな声をかけた。

「へい、わたくしは」

と長次は、坐り直して、

「本日のお手伝いに参った料理人でございます」

「どこの料理人だ」

「深川の伊豆平の奉公人でございます」

「伊豆平のところの人間か」

といってから侍は、にやりと笑った。

「小えんという芸者は、元気でいるか」

「へい、元気でおります」

「いい女だったな」

「さようで」

この侍も小えんに惚れているのかと思い、長次は気にしたが、高杉という侍は、それほど、こだわってはいないらしい。

「ちょっかいを出したら、見事に振られた。なるほど深川芸者は、鼻っ柱が強い。長州の田舎侍などは対手にせぬ、というわけだろう」

あっさりした笑い声を立てて、台所のほうへ、歩いて行こうとした。

ふと思いついて、長次は、

「あのう、失礼でございますが、あなた様は高杉様とおっしゃいますお方で」

「そうだよ」

「わたくしは、長次と申します」

「おれは高杉晋作という毛利家の番士見習だが、おれを、何うして知っている」

「伊豆平へおいでの節、お姿をお見かけ申しました」

「なんか用か」

「芝兼人というご浪人さんを、ご存じと思いますが」

「それが何うした」

今までの砕けた調子が変って、晋作は、きらっと眼を光らせた。長次としては、この高杉晋作から芝兼人の行方を聞き、おしんの居所を突きとめたい気持だけであった。

「実は、芝兼人さんとわたくしはちょっと引っかかりのある人間でございます」

「芝を知ってるんだな」

「へい。いま、芝さんは、何処においでになりますか。ご存じでございましたら、教えて頂きたいと存じまして」

「知らん」

急に素気ない態度になって、晋作は、

「おれとは友達だが、長州藩とあいつは何も関係のない男だ。いま何処にいるか、おれは知らん」

といって、にやりと笑うと、

「伊豆平の店に、勘定の借りでもあるのか、あいつ」

「わたくしが貸しがございます」

「お前が」

訊き返して晋作は、妙な顔をした。

「なんの貸しがある」

「わたくしの隣りに住んでいた竹垣重三郎という人が、芝さんの身代りになって死にました。おまけに竹垣さんの妹を、芝さんが何処かへ連れて行ってしまいましたんで」

「ふむ」

黙って晋作は、長次の顔を見ていた。

事情をすっかり、知っているようだが、晋作は、ここではそれを口に出さずに、

「それなら、いずれその事で、お前に話をする時があるだろう」

そういったきり、さっさと、台所のほうへ去っていった。

すぐに晋作の大きな声が聞えた。

「大そうなご馳走だな。こんな贅沢《ぜいたく》なものを、あの連中に食わせるのか、勿体《もったい》ない事だな」

冷やかしているような晋作の笑い声が、それに続いた。

番士見習だ、と高杉晋作はいったが、それが毛利家ではどのくらいの身分なのか、長次には判らない。ただ、ずけずけと重役たちに向って遠慮なく物をいい、若侍の中では頭株になっているらしい、と想像はついた。

高杉晋作は、天保十年、長州萩の城下菊屋横丁で生れ、ことし二十三歳になる。父の小忠太は、毛利家から百五十石の知行を受け、謹直な性格であったが、晋作は、その行動も識見も自由奔放で人の意表に出る、ということが多い。

はじめは藩校の明倫館に学んだが、十九歳のときに吉田松陰の門へ入り、久坂玄瑞《くさかげんずい》と共に松下村塾の双璧《そうへき》といわれた。のちに江戸へ出て昌平黌《しょうへいこう》に学び、長州へ帰ってからは藩校明倫館の舎長に任ぜられた。

この文久元年、晋作は、世子毛利長門守定広の小姓役を命じられ、定広に従って江戸へ出てきたが、二年前に伝馬町の牢《ろう》座敷で刑死した師の吉田松陰の志をつぎ、藩論を尊《そん》攘《じょう》反幕に統一しようという望みを抱いている。

それだけに、在府の長州藩士たちを、さかんに煽《あお》り立てるので江戸家老の浦靱負《うらゆきえ》たちは困ってしまい、晋作を長州へ帰らせようとしたが、はじめ江戸屋敷にいた世子の長門守定広が、晋作を側から放そうとしなかったので、家老たちも困り抜いていた。

在国中の藩主大膳大夫《だいぜんのたゆう》慶親は、諸大名の中でも攘夷の急先鋒《きゅうせんぽう》を以て任じているが、やはり慶親が藩の政治を見る場合は、老臣たちの意見を大事にするのと反対に、若い定広は、晋作のような若い藩士たちを起用して、長州藩内の重苦しい空気を一掃しよう、と努めているのであった。

だが、長門守定広は、この春、毛利家京都屋敷へ移り、反幕の志士と会っているし、晋作を京都へ呼ぼうとしているのだが、定広の小姓役から江戸藩邸の番士見習となった晋作にしては、やはり江戸にあって水戸家の侍などと交際を続け、将軍家の膝元で反幕運動をさかんにし、藩を統一したい望みだった。

江戸藩邸の若い侍たちに反対される一方、重役からは邪魔にされるという今の高杉晋作の立場であった。

「いくら大名たちを集めて相談をしたところで、何《ど》うなるもんじゃぁない」

台所をのぞいて晋作は、肩をそびやかしながら毒舌を叩いた。

「おりぁ外国へ行きたいよ。ええ何うだ、みんな。おれが、外国へ行けるよう尻押ししてくれんか」

といいながら晋作は、大きな皿に盛ってある煮物に手をのばし、蓮根《れんこん》をつまみ上げて口に入れた。

「いかんよ、高杉さん」

あわてて裃姿の吉田喜内が近づいてくると、

「お毒味役は、ほかにいる。つまみ食いはならん」

「うん」

うなずいてから晋作は、急に大声をかけた。

「おい、足軽足軽、俊輔の足軽野郎」

台所口の前を、いま通りかかった若い足軽がいる。

晋作から声をかけられると、その足軽は、むっとしたように振向いた。

「高杉さんですか」

俊輔と呼ばれたその足軽は、台所の中をのぞき込んで、土間へ入ってきた。

「見ろよ、足軽、この料理を。つまらん客に食わせるのは勿体ないとは思わんか」

と晋作は、吉田喜内が、いやな顔をしているのもかまわずに、また煮しめの皿へ手をのばし、ごぼうをつまんで口へ入れながら、

「足軽のお前なんか、食ったこともないような料理ばかりだ」

「足軽は判っています。そう一々足軽足軽と呼ばんでもいいでしょう」

俊輔はむかっとした顔でいった。

姓は伊藤、名を俊輔というこの足軽は、ことし二十歳、額の広い顎《あご》の張った顔立ちをしている。

周防国熊毛郡束荷村の百姓の家に生れたが、藩の重役来原《くるはら》良蔵に認められ、吉田松陰に師事して、高杉晋作や久坂玄瑞たちとは同門ということになる。身分は足軽だが、藩内の尊攘派の中でも重きをなしている。

しかし、高杉晋作などは、伊藤俊輔の人物と識見を認めていながら、わざと足軽足軽と呼び、対手の怒るのを見て喜んでいるのであった。

「判った、わかった。そう怒るな」

と晋作は笑って、

「まあ、いい。おれは今日、どうしてもヨーロッパ行きの随行員にして貰う積りだ。お前も一緒に行こう。杉孫七郎が行く事に決まっちょるらしいが、二人ふえてもかまわんだろう」

「高杉さん」

俊輔は、はらはらして、

「かまわんのですか、こんなところで」

広い台所は、台所の侍や小者が大ぜい、立働いている。

その中で、わざと大きな声で外国行きの話などするのは、いつもの高杉らしいが、重役たちに聞えたら叱られるに決っている。

「かまわんさ。軽輩だとて、役に立つ者は使うのが本当だ。もう、そういう時世になっちょる、と重役方は、承知しているのだが、身分や体面がまだ幅を利かすので困っちょるのさ」

またごぼうを一つ、口の中へほうり込んでから、肩をそびやかして晋作は、台所を出た。

「おい」

さっきの部屋に、長次がじっと坐っているのを見ると、晋作は声をかけた。

「伊豆平の奉公人」

「へい」

「芝に会いたいか」

「芝さんよりも」

と長次は、顔を上げて、

「おしんさんという人の居所を教えて頂き、無事でいる、と判れば、それで宜しいんでございます」

「ふん、お前は、そのおしんという娘に惚れちょるのか」

大きな声で、晋作は訊いた。

長次は赤くなった。

「そういうわけじゃぁございません」

「惚れてはいないが、あの娘の行方が気になる、というのだな」

と晋作は、真顔になって、

「よし、それなら、いい便りを聞けるようにしてやろう」

「お願い申します」

頭を下げた長次へ、一つうなずいたきりで、晋作は、廊下を去っていった。

それとすれ違うようにして、嘉助が、引返してきた。

いつもあまり表情を変えない嘉助が、にこにこしている。よほどうれしかったらしい。

「四条様に、お目通りを許されてな。間もなく庖丁式がはじまるから、庭の隅のほうから拝見出来るよう、お許しを頂いてきた」

「有難うございます」

「やはり四条様は」

と嘉助は、低い声になって、

「ただ料理を、お見せするだけで江戸へお下りになったのではねえらしい。天下のことについて長州様の、ご家老方と、ご相談があるらしいが、それは、おれたちの知らねえでもいい事だ」

「へい」

そこへ、台所方の侍がひとり、姿を見せた。

「吉田喜内どののお言葉である。お料理のお手伝いをするよう」

「有難う存じます」

嘉助は、長次をうながして、風呂敷包の庖丁を手に部屋を出た。

広い台所には島台、台膳、大鉢などが、ずらりと並べてあって、もう料理を盛りつけるまでになっている。

炉火鉢の火が赤く、鯛の姿焼きの用意も出来ていた。

「四条中納言どのの仰せでな」

と、裃姿の吉田喜内が声をかけて、

「嘉助にも、お手伝いをさせるよう、とのことであった」

「承知いたしました」

料理のことになると、嘉助には侍も町人もなくなってしまう。広い台所の中に、長州家の台所役人がずらりと居るのも、もう眼中にない様子であった。

「手を洗わせて頂きます」

長次を連れて嘉助は流し場へ下りると、ていねいに手を洗い、三挺の庖丁も出して浄めた。庖丁のほかに嘉助は、真魚箸まで用意して来ている。

嘉助は、侍たちの視線など気にしていないが、長次は、自分たちに注がれている侍の小者たちの眼が、するどく、きびしいのを感じとっていた。

町家の料理屋ならばともかく、大名屋敷の料理場へ町人が入ってきて、大名料理の手伝いをする、というのは、台所方の侍たちには面白くないことに違いない。

いくら四条流の中納言季房の声がかりにせよ、身分のない町人が立働くというのは、不愉快なのが当然であろう。

しかし、台所頭の吉田喜内が、すべて呑み込んでいるだけに、口に出して、不平をいうわけには行かず、みんなは黙って二人を睨《にら》みつけている。

手を洗い、自分の庖丁を浄めながら長次は、侍たちの視線を痛いほど背中に感じていたが、嘉助は平気であった。

「拝見を致します」

改まった態度になって、嘉助は、台所の中央まで出ると、きちんと坐って料理の材料に一つずつ眼を注いだ。そのうしろに長次は控えたが、こうなると嘉助の態度には侍も町人もなく、料理一つにいのちを打ち込んでいる人間の気魄が溢《あふ》れ出て武術でいえば、おそらく隙《すき》がないという構えであろう、台所役人たちに口一つ出させせぬ気構えが見える。

客の大名に出す料理は、三汁十菜ほどの用意が出来ている。

台膳の上の二尺の大鉢に、鴨《かも》の作りむしが載っている。鴨の姿そのままを残してあるのだが、黙って嘉助は手をのばすと、箸を使って鴨の形を直しはじめた。

鴨の首をあげ、胸肉に箸を加えているうちに、それまで死んだ形になっていた鴨が、見る間に生きているようになった。

それが手はじめで、嘉助は、もうまわりの侍たちも意識せず、ここが毛利家の台所だということも忘れてしまったようであった。

伊万里《いまり》焼の美事な平鉢を前に置くと、嘉助は、口取りを作りはじめた。

生盛は、鯛に煮蓮と嫁菜を付け合せ、長次に同じものを作らせた。

もう長次も、夢中になっていた。

こんどは大きな俎板を前に、嘉助は庖丁をつかって、はもの細作りをはじめた。

見る間に二人の手で、次から次へ料理が作られていった。皿や鉢は、めったに見られないような美事なものだし、材料もふんだんにある。

手伝い、などという名目も忘れてしまって、嘉助と長次は、料理に専心した。

「お汁と焼物、煮物などは、温かいうちに差上げたい、と存じますが」

と嘉助は、はじめて顔を上げ、少し血走った眼を吉田喜内へ向けると、

「もうかかりましてもよろしゅうございますか」

「それは、われらがする」

と喜内は料理を見廻しながら、

「お毒味役を経て差上げるゆえ、温かいうちに、という訳には参らぬ」

「さようでございましたな」

と嘉助は、がっかりしたような顔で、

「お大名方は、温かいものを召上れぬ猫舌だ、と承わっておりました」

「ご苦労であった。では、そのほうは四条中納言様の介添をするよう。装束は揃えてある。もはや庖丁式もはじまろう」

「承知いたしました」

ようやく我に返ったような顔つきで、嘉助は、満足そうに自分たちの作った料理を見廻した。

「わかったか、長次」

きびしい声で、嘉助はいった。

「こういうお大名料理を手がける機《おり》など、めったにあるものではない」

解説

菊池　仁

新型コロナウイルスの脅威にいまださらされている現在、この先の生活について書くのは不確定要素が多く不安の一言に尽きる。とはいえ一つだけはっきりしていることがある。ライフスタイルが変化するだろうという事である。中でも注目したいのは〈食事の情景〉がどう変わっていくのかという点である。〈食事の情景〉の中心にあるのは食べることの楽しみである。コロナが猛威を振るっても、食卓はテイクアウトした美味しいもので飾られた。

思えば日本の歴史は慢性的ともいえる食糧不足との闘いでもあった。太平洋戦争中や、終戦後の極端な食糧不足を乗り越え、驚異的ともいえる立ち直り方をしてきた。この最大の要因は、日本人が食べることに対し、並々ならぬ好奇心を抱き続けてきたからである。その後、この好奇心は、本当の豊かさを忘れた飽食の時代や、美味しいものを求めて狂奔する百貨店地下一階グルメへと繋がっていく。

その一方で、行き過ぎた便利さや効率重視の文明社会への警鐘として、江戸文化の見直しの機運が高まりつつある。日本人のバランス感覚と言えよう。特に暮らし方や食事文化に対する関心が強いように見受けられる。そこで脚光を浴びたのが時代小説に登場する食事の場面である。食べることを書くことは人間の生き方を表現する重要な手段だからだ。それにいち早く気が付いたのが池波正太郎であり、『鬼平犯科帳』、「仕掛人・藤枝梅安」シリーズなどの作品で、多くのファンを虜にした。

以降、この手法を後続の作家が取り入れ、〈食事の情景〉は必要不可欠なものとなる。つまり、一品の料理から時代背景が見えてくるし、登場人物の生活様式や人物像、微妙な心理の動きも表現できる。

現在、時代小説の定番ジャンルである市井人情ものの中でも、料理小説が根強い人気を誇っている理由もここにある。

「石蕗の花」今井絵美子

本編が収録されている「立場茶屋おりき」シリーズは、二〇〇六年にスタートし、一六年八月に刊行された第二十五弾『永遠に』で完結した。作者の代表シリーズであり、絶大な人気を誇っていた。作者はシリーズをきちんとした形で完結することを願い、重い病をおして執筆を続け完成にもちこんだ。題名の『永遠』にそれが凝縮されている。

同シリーズの人気の秘密は、ミステリー仕立て、剣豪ものといった要素を取り払い、市井人情ものに徹した物語作りにあった。ただし、物語に広がりがなくなるというリスクが付きまとう。そのため作者は用意周到な舞台を設定した。それが品川宿門前町の立場茶屋である。江戸と地方をつなぐ境界を舞台とすることで、人間ドラマの切り口に多様性を持たせ、より濃縮した展開が可能になったのである。おりきの人物造形にも工夫を凝らしている。〈心に秘めた修羅の妄執〉という重い過去を付加すると同時に、〈人は情けのうつわもの〉という生活哲学を背負わせたのである。

本編はそんなおりきの見事な采配が生き生きと描かれている。おもてなしと料理の神髄を堪能できる。小道具として使われている石蕗の花も強い印象を残す。実にうまい。

「鰯三昧」宇江佐真理

作者が「幻の声」でオール讀物新人賞の選考委員の満場一致という高い期待値付きでデビューを飾ったのは一九九五年である。その二年後に「髪結い伊三次捕物余話」と副題が付いた『幻の声』が刊行された。これが跳躍台となって、市井人情ものに独特のセンスの高さを示した。市井人情ものが根強い人気を誇っているのは、市井に住む人々の暮らしを支えてきた職人や、江戸っ子気質が濃縮された普遍的ドラマとして再現されているからに他ならない。

作者の強みは、天性ともいえる人間への興味と、深い人間観察に支えられた人物造形の巧《うま》さである。それが情感溢れた風景描写や場面作りで効果を上げている。

本編が収録されている『夜鳴きめし屋』も前述した巧さを堪能できる。夜鳴きめし屋という設定が光っている。他店がやっていない夜間に働いている人々を対象客としたわけである。現代で言う隙間商法の江戸版である。このあたりの着想の鋭さは称賛に値する。「鰯三昧」も庶民に最も馴染みの深い鰯という食材を介して、人と人の助け合う姿や鰯のレシピ開発する姿を描き、人と料理の温もりが爽やかさを伴って伝わってくる珠玉の一編である。

「御膳所御台所」梶よう子

舞台は台所である。それも将軍家の食事を掌《つかさど》る役目をする場所で、希少性の高い題材が興味を駆り立てる。

作者は二〇〇八年に「一朝の夢」で松本清張賞を受賞し、骨太な作風で注目を集めた。一五年に発表した『ヨイ豊』で、歴史時代作家クラブ賞作品賞に輝くとともに、直木賞候補作にも選ばれた。『赤い風』、『連鶴』、『北斎まんだら』、『お茶壺道中』など、歴史に記された事実の底にある真実を、独特の論理を展開し、鮮やかな手際で捌いていく小説作法は、高い評価を受けている。

同時に「御薬園同心水上草介」、「摺師安次郎人情暦」などのシリーズものでは、着眼の鋭さと密度の濃い人生を切り取る筆の確かさを見せている。

本編が収録されている『立身いたしたく候』も、着眼点のユニークさと、軽妙なタッチを駆使して綴るお役目めぐりは、江戸版お仕事小説となっており、作者の新しい可能性を示している。本編はそのモチーフが最もストレートに反映した内容で、好奇心をくすぐられること請け合いの一編である。

「こはだの鮓」北原亞以子

短編小説の面白さを満喫できる一編で、小品ながら精緻な職人技を彷彿とさせるような造りとなっている。

作者は二〇一三年に満七十五歳で亡くなった。一九六九年「ママは知らなかったのよ」が新潮新人賞、同年「粉雪舞う」が小説現代新人賞の佳作というダブル受賞で好運なスタートを切った。ところが、念願のデビューを果たしたものの長い雌伏期間を余儀なくされる。二十年後の一九八九年に『深川澪通り木戸番小屋』で泉鏡花文学賞を受賞し、優れた市井人情ものの書き手として、不死鳥の如く蘇る。続いて九三年に『恋忘れ草』で直木賞を受賞し、第一線で活躍する。

ストーリーは極めて単純で、浅草諏訪町の葉茶屋でめし炊きとして働いている作兵衛が、顔なじみの鮓売りからもらった大好物のこはだの鮓を食うというだけの話である。こはだ鮓は江戸時代から人気が高く、現代でも食通の客はこはだを頼むという。江戸っ子作者らしい題材の選択である。

顔なじみの鮓売りの与七が、今日はけちな客が多かったと言って、売れ残ったこはだの鮓を竹の皮に包んでくれた時から、仕事場は作兵衛にとってユートピアとなる。与七が売るこはだ鮓は一つ四文。安煙草を買う小遣いにも不自由している作兵衛にとっては高嶺の花である。それがただで舞い込んできた。めったにないことである。

作者はそんな作兵衛の行動と心理をきめ細かな筆致で描いている。限られた空間の小さな出来事に過ぎないのだが、食うことに囚われた心理が拡大され、リアル感を持って迫ってくる。ここには食と人間の関係が凝縮されており、庶民のささやかな喜怒哀楽が切り取られている。

「六花」　坂井希久子

「六花」を収録した『ほかほか蕗ご飯　居酒屋ぜんや』は、二〇一七年に第六回歴史時代作家クラブ賞新人賞を受賞した注目作である。巻数を追うごとに人気はうなぎのぼりに高まり、「居酒屋ぜんや」はヒットシリーズとして、現在、第八巻『とろとろ卵がゆ』まで刊行されている。

第一巻を読んで驚嘆した。髙田郁「みをつくし料理帖」シリーズが登場して以来、料理小説は料理屋や居酒屋を舞台に設定したものが主流となってきた。その流れを巧みに捉えたところにセンスの良さを窺うことができる。素朴な絶品料理と、聞き上手な美人女将がいて、悩みが解決し、明日への活力が湧いてくる店という設定が多くの読者を虜にした。

加えて、鶯が美声を放つよう飼育することが得意という武家の次男坊・林只次郎の人物造形は秀逸である。こういった設定の妙は、二〇〇八年にオール讀物新人賞を受賞した「虫のいどころ」でデビューし、その後、『泣いたらアカンで通天閣』や『ヒーローインタビュー』などの傑作を連発してきた作者の凄腕のなせる業といえよう。

本編もお妙の練達した腕から繰り出されてくる料理の数々に思わず舌鼓を打ってしまう。臨場感溢れた場面が続く。背景に夫を亡くしてまだ一年というお妙の哀しみがあり、それが映画のワンシーンを見ているような、見事なラストへつながっていく。

「蜘蛛の糸」平岩弓枝

時代小説のシリーズものとして、大人気を博してきた平岩弓枝「御宿かわせみ」の第十巻『閻魔まいり』から収録した一編である。同シリーズの記念すべき連載第一作「初春の客」の初出は、「小説サンデー毎日」の一九七三年二月号であった。同誌の休刊後、「オール讀物」に舞台を移し、一九八二年四月号から再開した。それが二〇〇九年に発売された第三十四巻『浮かれ黄蝶』（文春文庫）まで続く。その後、時代設定を明治に移し、二〇一九年に刊行された『青い服の女』が第七巻。驚くべき筆力である。実に四十六年以上にわたる長期連載となる。

本格的デビュー作となった「鏨師」が、第四十一回直木賞を受賞したのが二十七歳。作家生活の大半をこのシリーズに費やしたことになる。

何が読者を魅了したのであろうか。もともとシリーズは、親代々の八丁堀与力の家に生まれた神林東吾と、元は八丁堀同心の娘だったが、父親が亡くなったことから役宅を返上して旅籠屋を始めた「るい」とのロマンスが、物語の主導線として設定されていた。そこに加わったのが月刊誌の連載という要素である。現代の戯作者として優れたセンスを持った作者は、月刊誌という舞台を生かし、各話のエピソードを四季に合わせて彩を添える手法に発展させている。それが「花」であり、「着物」であり、〈食事の情景〉であり、そうした江戸情緒を満喫できる仕掛けを設定したのである。これを背景に置きながら、人間ドラマの凝縮した犯罪を中心に据え、グランドホテル形式で描いたのである。本編もそういったシリーズの特色を満喫できる。冒頭に登場する朝食を注目して欲しい。季節は春先。るいと東吾がまだ内縁の時期で、泊まった東吾のために用意されたものである。この前後を読むと二人の愛情の在り方がよく分かる仕組みになっている。

「大名料理」村上元三

本編は、村上元三が一九五五年から五六年にかけて「産経時事」に発表した長編「千両鯉」の中の一章である。板前小説という珍しい題材で、料理の世界の背後にある厳しさをはじめとした職人の世界が、抑制のきいた文体で淡々と描かれている。

物語の舞台は騒乱の幕末。江戸深川の料理茶屋で板前修業中の主人公長次は、まだ二十五歳という若さで脇板を務めていた。板前は見識が高く料理にかけては主人よりも権限を持っており、脇板から板前になるには相当の修業を必要とした。追い回しという雑用係を経て、洗い方、焼方、煮方、脇方になり、板前になるには十年はかかると言われている。

そんな長次が幼馴染の芸者小えんと屋形船で客を接待していた。ところが身投げをしたおしんを助けたことから役人に歯向かってしまう。長次の気風《きっぷ》の良さが災いとなる。これが発端で、おしんの持っていた謎の犬の張り子を預かったことで、これに絡む倒幕運動の渦中に巻き込まれ、運命は大きく変わってゆく。

「大名料理」の章は、そんな長次を板前の親方が、長州萩三十六万石の領主松平大膳大夫の上屋敷で開かれる宴に同伴させるというもの。大名料理の手伝いができるという事で、長次の胸は高鳴っていた。作中に幕末に活躍した人物として著名な高杉晋作と、長次が絡む場面が登場する。架空の人物に歴史上の人物を絡ませて、興趣を盛り上げる作者得意の小説作法である。

つまり、本書は幕末の騒乱という修羅場をくぐり抜けてきた長次の人間としての成長を描くのが狙いで、本編はそんな長次が、大名料理という新しい料理に向き合う意気込みと情熱を印象付けるために設けられたものと言えよう。

（きくち　めぐみ／文芸評論家）

「底本」

今井絵美子「石蕗の花」(『雪割草　立場茶屋おりき』ハルキ文庫)

宇江佐真理「鰯三昧」(『夜鳴きめし屋』光文社時代小説文庫)

梶よう子「御膳所御台所」(『立身いたしたく候』講談社文庫)

北原亞以子「こはだの鮓」(『こはだの鮓』ＰＨＰ文芸文庫)

坂井希久子「六花」(『ほかほか蕗ご飯　居酒屋ぜんや』ハルキ文庫)

平岩弓枝「蜘蛛の糸」(『閻魔まいり　御宿かわせみ十』文春文庫)

村上元三「大名料理」(『千両鯉』徳間文庫)

朝《あさ》日《ひ》文《ぶん》庫《こ》時《じ》代《だい》小説《しょうせつ》アンソロジー
江戸《えど》旨《うま》いもの尽《づ》くし

朝日文庫

2020年10月30日　第1刷発行
2022年6月10日　第2刷発行

編　　著　菊池《きくち》仁《めぐみ》
著　　者　今《いま》井《い》絵《え》美《み》子《こ》　宇《う》江《え》佐《ざ》真《ま》理《り》
梶《かじ》よう子《こ》　北《きた》原《はら》亞《あ》以《い》子《こ》
坂《さか》井《い》希《き》久《く》子《こ》　平《ひら》岩《いわ》弓《ゆみ》枝《え》　村上元三《むらかみげんぞう》

発 行 者　三宮博信
発 行 所　朝日新聞出版
〒104-8011　東京都中央区築地5-3-2
電話　03-5541-8832(編集)
03-5540-7793(販売)
印刷製本　大日本印刷株式会社

Published in Japan by Asahi Shimbun Publications Inc.
定価はカバーに表示してあります

ISBN978-4-02-264968-3
落丁・乱丁の場合は弊社業務部(電話 03-5540-7800)へご連絡ください。
送料弊社負担にてお取り替えいたします。